Bruno Jacquin

Galeux

Du Noir au Sud
est une collection des Éditions Cairn
dirigée par Sylvie Marquez et G. D. Noguès

Du Noir au Sud est une collection de polars qui nous transporte dans le Sud, ses villes, ses villages, à la découverte des habitants, de leurs traditions, leurs secrets.
Son ambition : dessiner, au fil des ouvrages, un portrait d'ensemble de la région, noirci à coups de plumes tantôt historiques, ou humanistes, parfois teintées d'humour, mais où crimes et intrigues ont toujours le rôle principal.

Illustration de la couverture : © Djebel
Photos : 123RF © Jamen Percy & Vepar5

ISBN : 978-2-35068-242-6/ISSN : 2275-2331

Bruno Jacquin

Galeux

éditions
Cairn

Avertissement

Les noms de certains personnages essentiels, notamment politiques, de cette époque ont été conservés quand l'histoire elle-même n'a pas été modifiée. D'autres noms ont été changés lorsque les faits racontés dans le roman ne correspondent pas exactement à la réalité.

À Christiane, ma mère

Prologue

Mars 2002, Saint-Sébastien

Toutes sirènes hurlantes, les deux véhicules vert bouteille et blanc de la Garde civile peinent à se frayer un passage vers l'est de la ville, sur l'autre rive de l'Urumea. Quoiqu'effleurée par un léger vent frais de nord-est, habituel en cette saison, la baie de la Concha est, il est vrai, inondée d'automobilistes et de piétons, tous attirés par les premiers rayons d'un soleil enfin un peu plus chaud. Même le sable blond de la plage se colore d'innombrables draps de bain et quelques courageux semblent s'apprêter à leur première baignade de l'année.

Dans le parc du palais de Miramar qui surplombe la baie, ne prêtant guère attention à tout ce tintamarre, un petit groupe d'étudiants s'amuse, plaisante, discute, s'agite voire s'ébroue aux sons des instruments qui s'échappent des fenêtres entrebâillées du Centre supérieur de musique. On rit, on s'angoisse, on s'engueule… Leurs sujets de prédilection sont toujours les mêmes : les dernières performances de la Real Sociedad, le club de foot local, ou les révisions à l'approche des prochains examens. Puis, invariablement, à un moment ou à un autre, surgit la question de l'indépendance du Pays basque et les manières d'y parvenir, enflammant un peu plus les échanges. Si plus grand monde ne se risque à soutenir, publiquement tout du moins, les méthodes « musclées » de l'organisation ETA(1), le sujet divise. Deux jeunes filles s'interpellent.

– C'est toujours pareil avec toi, lance la première, ses longues boucles d'oreilles frappant ses joues à mesure qu'elle s'emballe. La violence, les armes, les morts. Depuis maintenant trente-quatre ans qu'ETA pratique ainsi, peux-tu me dire ce que nous avons obtenu ?

– D'abord je ne défends pas la violence dont tu parles… Mais toi, avec EGI(2) ou le PNB(3), depuis le temps que vous vous situez toujours dans les bornes imposées par l'État espagnol, tu crois qu'on peut encore espérer de lui qu'il nous accorde le droit à notre nation ou bien faudra-t-il aller le lui arracher ? Que nous avez-vous

1- *Euskadi Ta Askatasuna* qui signifie, en basque, « Pays basque et liberté ».

2-*Eusko Gaztedi*, organisation de jeunesse du PNB.

3-Parti nationaliste basque. Organisation politique de centre-droit favorable à une large autonomie du Pays basque.

apporté en des décennies de collaboration avec Madrid ? Regarde autour de toi. Donostia[4] est-elle plus basque qu'espagnole ?

On frôle le dialogue de sourds et Alona connaît sa propension à s'emporter facilement. Ces accusations déguisées et incessantes d'apologie du terrorisme l'agacent. Alors elle cherche un appui, un soutien, une approbation dans le regard de Mikel, tout près de là. Tous les deux sont membres d'Haika, un mouvement de jeunesse indépendantiste accusé par la police d'être le vivier d'ETA, mais Mikel n'y est pas très actif, plutôt du genre « j'écoute, j'apprends mais j'évite de prendre position et de me mettre en avant ». Au grand dam d'Alona qui l'encourage néanmoins très souvent à extérioriser sa pensée. Son intelligence, son érudition feraient de lui un excellent militant, suppose-t-elle. Étudiant en troisième année de psychologie à l'université de Saint-Sébastien, Mikel privilégie pourtant systématiquement l'écoute aux jugements à l'emporte-pièce. Mais présentement, il semble surtout bien plus préoccupé que ses amis par les sirènes de ces véhicules de la Garde civile, toujours plus nombreux, qui viennent troubler la quiétude de cet après-midi de début de printemps. Si ce ne sont les voitures de la Ertzaintza, la police autonome basque, c'est que l'affaire est d'importance et dépasse les compétences de celle-ci, imagine-t-il. Un *sms* vient le

4- Donostia est le nom basque de Saint-Sébastien. Tous les noms propres de ce livre prononcés par les personnages basques le seront dans la langue d'origine avec traduction en bas de page.

lui confirmer quelques instants plus tard. D'un bond, Mikel se lève alors puis, empoignant son casque, il lance à la cantonade totalement médusée : « je vais vous dire ce que je pense de tout ça, moi. Ces sirènes m'agressent. Le bruit agresse mes oreilles mais leur présence agresse plus encore ma conscience. Ce sont les sirènes des forces de répression d'un pays qui en occupe un autre. Et j'en ai marre… Alona a raison. Nous ne sommes ni Espagnols ni, pour certains d'entre nous, Français, même si nous en connaissons les langues, même si nos papiers d'identité disent le contraire. Nous sommes Basques et il faut que ça se sache ! ». En quelques mots, quelques secondes, Mikel vient de scotcher ses camarades. L'effet de surprise passé, Alona se lance à la poursuite de son ami qui s'est déjà éloigné de plusieurs mètres.

– Mikel, attends ! Qu'est-ce qui t'as pris ? Qu'est-ce que ça veut dire et puis où vas-tu ? Ne pars pas comme ça. C'est très bien ce que tu as dit. Viens encore le leur expliquer, je suis sûre que tu peux les convaincre mieux que moi.

– Écoute Alona, je pense que je vais devoir m'éclipser un certain temps. Tu comprendras sans doute d'ici ce soir. J'essaierai de te faire signe mais je ne peux rien te promettre.

Enfourchant son scooter, Mikel dépose un baiser sur la joue de son amie, lui adresse un dernier sourire et tourne la manette des gaz au maximum avant de disparaître dans la rue Matia.

Moins d'une demi-heure plus tard, prudent, c'est derrière la mairie de Pasajes, à trois petites minutes à pied de son domicile, qu'il abandonne son véhicule. « Maman, cette fois je n'y échapperai pas. Ils arrivent. Il faut que je parte. Je te donnerai des nouvelles chaque fois que possible, ne t'inquiète pas. Et je te jure que papa sera vengé tôt ou tard, d'une manière ou d'une autre. Je ne renie pas la parole que je t'ai donnée ».

Terexa Ekiza n'a jamais rien fait promettre à son fils. Cependant elle ne peut rien contre la haine qu'il porte en lui depuis que son père, *etarra*[5] chevronné, a été abattu, en France, lorsqu'il était enfant. Aussi, Terexa ne peut que lui transmettre son amour par son regard humide à l'instant de lui dire au revoir. Tout en en regrettant la brièveté, elle sait que celle-ci est obligatoire. C'est sûr, il a reçu LE message, celui qui lui recommande la fuite. « Ils » arrivent.

À peine son fils s'est-il éclipsé par la fenêtre de sa chambre donnant sur une rue parallèle à l'entrée principale de la petite maison familiale, qu'un poing lourd s'abat sur la porte d'entrée et frappe plusieurs fois.

– Mikel Ekiza, c'est bien ici ?

– Oui, c'est mon fils… mais…

Sans lui laisser le temps de terminer sa phrase, six GEOS[6] bousculent Terexa et pénètrent à l'intérieur de son domicile, armes au poing, hurlant et renversant tout sur leur passage dans un vacarme épouvantable. Pendant que

5- Militant d'ETA.

6- *Grupo especial de operaciones* (Groupe spécial d'opérations), unité d'élite de la police espagnole dont les membres sont appelés les « Geos ».

d'autres hommes empêchent les voisins ou les curieux de s'approcher, l'officier qui dirige le groupe avertit Terexa :

– Madame, nous avons un mandat d'arrêt contre votre fils Mikel, délivré par la chambre pénale de l'Audience nationale[7]. Dites-lui qu'il est dans son intérêt de se rendre.

– Mais je ne l'ai pas vu depuis des semaines. Que lui reprochez-vous ?

– C'est un terroriste d'ETA, madame. Ne me dites pas que vous l'ignoriez. Tout comme l'était votre mari.

Quelques heures plus tard, le ministère de l'Intérieur espagnol lâche un communiqué à destination d'Alona, de Terexa et de toute l'Espagne : *« Plusieurs membres du commando Donosti de l'organisation terroriste ETA, responsable de plusieurs attentats, ont été interpellés aujourd'hui à Saint-Sébastien et dans sa banlieue par l'ensemble des forces de police et de la Garde civile. Si quelques-uns ont pu temporairement échapper à ce vaste coup de filet, il n'en reste pas moins que c'est un rude coup qui a été porté à l'organisation, quelques mois à peine après un premier démantèlement de ce commando. »*

7- La plus haute juridiction espagnole, chargée notamment des affaires de terrorisme.

I

Trois ans plus tard…

Les rives du lac de Saint-Pée-sur-Nivelle sont noires de monde. Le festival Herri Urrats[8] bat son plein. Certains écoutent les concerts de groupes locaux, d'autres les discours. À l'écart de la plage artificielle, à la pointe est du lac, une fillette échappe à la vigilance de son papa et de sa petite copine avec qui elle jouait et se dirige vers les eaux troubles, un peu boueuses mais fraîches de l'étang. Il fait chaud, très chaud. C'est tentant. Soudain la fillette disparaît, comme happée par le fond, puis remonte

8- Festival annuel depuis 1986 qui a pour but de récolter des fonds pour soutenir des écoles dont l'enseignement se fait en euskara, la langue basque.

presqu'aussitôt à la surface, dos vers le ciel. Une femme âgée crie: « la petite… Elle se noie, viiiiite ». Plusieurs personnes se lancent alors vers le lac mais c'est son père qui la tire le premier hors de l'eau…

« Inès… Inès… ». Mikel Ekiza secoue sa compagne qui suffoque et gémit à ses côtés. Il est à peine 4 h du matin. « Inès, réveille-toi ! », ordonne-t-il maintenant énergiquement. La jeune femme ouvre subitement les yeux, se redresse, découvrant sa poitrine, puis se rallonge dans un soupir…

– Ah la vache… j'ai encore fait ce sale rêve. Bouh… j'en ai des sueurs froides, réalise Inès, sa chevelure noire ébouriffée et le souffle un peu coupé. Merci de m'avoir tirée de là mon cœur.

– Eh ben, c'est impressionnant. Il a fallu que je crie pour t'en sortir. C'est quoi ce rêve, ça te prend souvent ?

– De temps en temps. La dernière fois, je crois que c'était pendant les vacances de Pâques mais tu n'étais pas là.

Tout en s'épongeant la nuque, les plis du cou et l'entre-deux seins dégoulinants de sueur, Inès raconte ce cauchemar qui la hante régulièrement. « Mais tu sais, précise-t-elle, c'est vraiment arrivé. J'ai vraiment été victime d'une hydrocution à l'âge de huit ans. Il faut croire que cet épisode m'a traumatisée. La seule chose qui n'est pas réelle, c'est que ce n'est pas mon père qui m'a sauvée mais mon grand-père. Je n'avais déjà plus papa à cette époque. Et pourtant, c'est lui que je vois à chaque fois. »

Inès se lève pour aller boire au robinet de la salle d'eau. Baigné d'une pâle lumière provenant des illuminations de la rue, le studio de Mikel décrit un clair-obscur qui met encore plus en valeur les formes absolument parfaites de celle avec qui il partage souvent les nuits depuis qu'il l'a rencontrée quelques mois plus tôt. Son trouble n'en est que plus accentué. Parfois tendre, attentionné, de manière incompréhensible Mikel se montre aussi quelques fois mordant dans ses propos, comme s'il refusait l'amour qu'elle lui donne visiblement sans compter.

– Mais pourquoi tu vas à ce festival ? Tu n'as jamais fréquenté d'ikastola(9), tu n'as rien à voir avec le Pays basque !

– Mais mon loulou, ce n'est pas interdit aux non-Basques que je sache, rétorque Inès d'une voix douce. Et puis tu as tort. Je suis quand même née à Bayonne je te rappelle. Et si j'en suis partie toute petite c'est à cause du travail de mon grand-père. Si je n'avais pas perdu mes parents, peut-être que j'y aurais toujours vécu.

– Au fond, pour quelques gouttes de sang de ton père qui te coulent dans les veines, tu te prends pour une Basque…

– Moitié Basque, cent pour cent Basque, on s'en fout non ?

– Non justement. On ne joue pas avec les identités.

– Mais je ne joue avec rien, reprend Inès un peu plus sèchement. Qu'est-ce que tu peux être chiant parfois. Chiant comme une chorale basque *a capella* dans une

---

9- École où l'*euskara* est majoritairement enseignée.

église, tiens ! Française par ma mère et ma grand-mère, Basque par mon père, Espagnole par mon grand-père, je me sens internationaliste et ça me va très bien comme ça. Ou bien penses-tu que je suis une bâtarde ? Allez, ne nous fâchons pas mon chéri. Pas maintenant. Tu t'envoles demain pour longtemps, ce serait trop bête, non ? Fais-moi plutôt l'amour… Viens…

Mêlant l'invitation aux gestes, Inès coupe net au mauvais cours que prenait la discussion et s'approche de Mikel, l'embrasse en lui caressant la nuque. Puis elle lui saisit une main et la dirige vers sa poitrine, la guide ensuite vers son ventre, ses hanches. Le jeune couple s'embrasse. Leurs souffles sont haletants mais au bout de quelques instants Mikel s'écarte brusquement d'Inès en soupirant.

– Non j'peux pas. Je ne peux pas ! insiste-t-il la voix plus haute en se levant d'un bond.

– Ce n'est pas grave Miki, ça peut arriver, ne t'en fais pas, le rassure Inès. Quelque chose te tracasse ? Ce n'est pas à cause de ce dont on vient de discuter quand même ?

– Mais non bien sûr.

– Tu sembles si tourmenté…

– Je ne sais pas, je ne sais plus.

– C'est ton voyage qui te préoccupe ? Tu veux en parler ?

– Non.

– Tu m'aimes ?

Un sourire un peu forcé barre le visage de Mikel en guise de réponse. Il n'a encore jamais dit à Inès qu'il l'aime. Jamais de déclaration à l'emporte-pièce. Jamais. C'est un principe chez lui. En toutes circonstances. À tout propos. Plus encore lorsque le trouble l'habite. Demain, il s'envolera pour l'Argentine. « Une affaire de famille à régler », a-t-il justifié à Inès. Une affaire dont il ne connaît pas la durée. Mais une fois celle-ci réglée, il espère bien que son trouble, ses troubles seront dissipés. Au moins est-il rassuré par son année universitaire qui s'achève : il est admis en dernière année de psycho à Bordeaux. Pas suffisant toutefois pour l'aider à retrouver le sommeil qui a en revanche étreint Inès à ses côtés.

2

« Le mec arrête pas de te mater »

« Viser la lune ça me fait pas peur… Même à l'usure j'y crois encore et en cœur… Des sacrifices s'il le faut j'en ferai… J'en ai déjà fait… Mais toujours le poing levé… ».

À tue-tête, Inès et Amaia chantent le refrain du tube du moment signé Amel Bent que crache l'autoradio de la vieille Renault Clio d'Inès, modèle 1995, gris taupe. Sur l'autoroute A10 en direction de Paris, les deux copines s'offrent une âme de féministe révoltée à bon marché. Après avoir déposé Mikel l'air toujours aussi tourmenté et à peine plus tendre que quelques heures plus tôt, à l'aéroport de Mérignac, Inès regagne la banlieue nord-ouest de Paris où elle réside à l'année avec ses grands-parents. Amaia qu'elle a retrouvée comme prévu au pied du monument aux Girondins, place des Quinconces à Bordeaux, l'accompagne. Dans une semaine, elles feront le chemin inverse pour, comme chaque année, passer tout l'été à Bassussarry et sur les plages basques. Les deux jeunes filles se connaissent depuis longtemps. Quinze ans, presque jour pour jour. À la fin du printemps 1990, les grands-parents d'Inès ont acheté une petite résidence secondaire qu'ils ont appelé *Ortzadarra* (l'arc-en-ciel), pour que papi Casimiro puisse jouer au golf. Manière surtout pour les aïeuls d'Inès de reprendre un peu pied et vie dans ce Pays basque cinq années après l'avoir quitté suite aux « événements » qui ont coûté la vie à leur gendre, le père d'Inès. Une période dont la jeune fille ignore toujours presque tout. C'est seulement à sa majorité que son grand-père lui a raconté que son papa avait été « tué au cours d'un règlement de compte entre *etarras* », sans plus d'insistance ni de détails qu'elle n'a d'ailleurs pas réclamés. Ce drame avait contraint Casimiro et sa femme à fuir cette terre sur laquelle ils vivaient depuis longtemps pour protéger leur petite-fille, lui affirmèrent-ils, Marie leur propre fille étant quant à elle décédée à la suite d'une éclampsie à la naissance d'Inès. Dans son portefeuille, unique souvenir de ses parents, celle-ci conserve une photo, de plus en plus écornée, prise fin mai 1982 par sa grand-mère à Paris, devant le Parc des Princes, avant la finale du championnat de France de rugby entre Agen et Bayonne. On y reconnaît également Casimiro enlaçant sa fille et son gendre. Inès était alors dans le ventre de sa mère mais personne ne le savait encore. De son père, qui l'a élevé seul jusqu'à ses deux ans et demi, jusqu'à sa disparition tragique, il lui semble également se souvenir de sa voix. Une voix suave et toujours douce avec elle, cette voix qu'elle entend chaque fois qu'elle rêve de sa noyade au lac de Saint-Pée-sur-Nivelle.

C'est Amaia qui lui a fait découvrir ce lieu et cette fête. Dès le premier séjour à Bassussarry. Les deux fillettes s'étaient retrouvées au fond de leurs jardins contigus et avaient immédiatement sympathisé comme le font tous les enfants de cet âge. Amaia fréquentait la toute nouvelle ikastola d'Arcangues et ses parents les avaient tout naturellement emmenées au festival Herri Urrats dont elles n'allaient plus manquer une édition, Inès passant désormais toutes ses vacances scolaires à *Ortzadarra*.

« Je n'ai qu'une philosophie... Être acceptée comme je suis... Avec la force et le sourire... Le poing levé vers l'avenir... Lever la tête, bomber le torse... Sans cesse redoubler d'efforts... La vie ne m'en laisse pas le choix... Je suis l'as qui bat le roi ».

Tandis qu'Amel Bent continue de s'époumoner dans l'autoradio, Inès et Amaia ébauchent le programme de leurs journées et surtout de leurs soirées à venir avant de reprendre le chemin des Pyrénées-Atlantiques. Inès n'a qu'un rendez-vous important à honorer le surlendemain matin avec son directeur d'études de l'université de Cergy-

Pontoise afin de préciser son orientation pour la prochaine rentrée, mais ensuite les deux jeunes filles ont toute la semaine devant elles pour s'amuser. D'autant que les grands-parents d'Inès sont eux restés à Bassussarry. La belle vie.

– Et ne me fais pas le coup de la fidélité, lance, défiante, Amaia à l'adresse de son amie. Lâche-toi ! Profite !

– Je peux très bien m'amuser tout en restant fidèle, non ?

– Mais c'est vrai que t'es accro dis donc… Ça fait combien de temps maintenant Mikel et toi ?

– Un peu plus d'un an.

Et Inès de se souvenir. C'était au cours d'une de ces « soirées étudiants », dans un bar de la rue du Marché-Neuf à Cergy. Elle ne l'avait pas remarqué tout de suite, mais Mikel la fixait depuis un moment, seul accoudé au comptoir. Un copain le lui avait signalé. « J'crois que tu plais beaucoup au mec tout seul au bar. Il arrête pas de te mater ». Les traits fins, la pilosité savamment entretenue, les cheveux noirs et longs coiffés en arrière, un putain de beau mec, pensa Inès ravie de se rendre compte que son pote ne lui avait pas menti. Pour en avoir le cœur net, prétextant une réclamation à remonter au barman, elle avait quitté la table de ses amis qui braillaient de plus en plus fort en tentant de suivre tant bien que mal les paroles du karaoké. Mikel et elle s'étaient alors simplement renvoyés leur « Salut ! », mais une vingtaine de minutes plus tard Inès avait affirmativement répondu à un signe de la tête de Mikel qui lui désignait la sortie qui donne sur la rue piétonne. C'est à peine si elle se souvient aujourd'hui qu'il lui avait d'abord demandé si elle était bien Inès Pozuelo, comme s'il était un flic qui vérifie l'identité de la personne qu'il doit interpeller. Ses yeux presqu'aussi noirs que ses cheveux, son regard ténébreux, sa voix grave mais le ton bas et surtout son accent basque avaient achevé de faire chavirer Inès, et pas seulement parce qu'il lui rappelait vaguement ses origines, voire, peut-être, son père. Elle en était certaine, avec ce mec-là, l'histoire pouvait durer un moment.

– Un an ! s'étouffe presque Amaia. Un an que vous vous connaissez ! Je ne m'étais pas rendu compte que ça faisait déjà tout ce temps.

– Mais tu sais, moi à Paris, lui à Bordeaux, on ne se voit pas tant que ça. C'est vrai qu'il monte de temps en temps mais c'est surtout quand je suis à Bassussarry qu'on en profite... quand tu nous laisses tranquilles, plaisante Inès.

– Tu sais, j'ignore si c'est parce qu'il t'a volé à moi ou parce qu'il croit que je te vole à lui, mais vraiment j'ai du mal à accrocher. Je le trouve distant, même avec toi.

– C'est l'impression qu'il donne en public, c'est vrai, reprend Inès. Mais il est comme ça : timide, introverti. Il dit toujours qu'il ne « fait jamais rien à l'emporte-pièce ». Tout est toujours mûrement réfléchi chez lui, ce qui lui donne cet air renfrogné mais c'est aussi ce que j'apprécie de sa personne. C'est peut-être lié à ses études de psycho. Et puis tu sais, lui aussi a perdu son père quand il était enfant. Mais il l'a bien mieux connu que moi le mien.

Il n'en parle jamais. Pourtant je suis persuadée que ça l'a beaucoup plus bouleversé que je ne l'ai été moi-même. Moi je ne ressens qu'un manque abstrait de mes parents. En ce qui le concerne, il y a une vraie blessure, profonde.

Le rendez-vous avec son directeur d'études a rassuré Inès. Si elle continue comme cette année et qu'elle obtient sa licence dans un an avec le brio attendu, elle est parfaitement apte selon lui à envisager s'engager dans la voie du master en histoire. Pour fêter ça, Inès et Amaia ont prévu de retrouver des amis dans une boîte de la rue de Rivoli à Paris. Pendant qu'Amaia s'applique les tout derniers produits « antirides de nuit » qu'elle estime nécessaires, Inès se connecte à son compte Skype en espérant que cette fois-ci Mikel en fasse autant. Depuis trois jours qu'il est à Buenos Aires, il a manqué tous les rendez-vous qu'ils avaient fixés ensemble, tenant compte du décalage horaire. Celui d'aujourd'hui n'est pas plus fructueux. Inès se montre plus déçue qu'inquiète en enfilant ses bottines noires à lacets et aux contreforts dorés. « T'en fais pas pour lui, la vanne en riant Amaia. Il en profite et il a bien raison. Fais donc pareil. »

3

Fin de la trêve d'ETA ?

Les gendarmes d'Ustaritz sont les premiers sur les lieux, vers 23 h 55. Quinze minutes plus tôt, ils ont reçu un appel d'un homme visiblement encore sous le choc : « Des coups de feu… Deux ou trois… Une voiture blanche ou gris clair, immatriculée dans le Gers. Ça m'a marqué, c'est là que je suis né… Je crois que le conducteur est mort… Que dois-je faire ? »

Devant la deuxième entrée de la carrière sur la D251 en direction du centre-ville de Bassussarry, une Audi A3 rouge, flambant neuve, légèrement à l'écart de la route, est à l'arrêt mais son moteur tourne encore et l'on entend des sons étouffés s'échapper de l'autoradio. Les gyrophares bleus des deux véhicules de gendarmerie qui se sont déplacés déchirent la nuit et sont visibles à plusieurs centaines de mètres.

S'approchant du véhicule avec sa lampe torche, l'adjudant de permanence constate d'abord que la vitre latérale côté conducteur a volé en éclats. Puis, éclairant l'habitacle, il aperçoit le corps d'un homme incliné sur son flanc droit, le visage et les vêtements en sang, des débris de verre sur les cuisses. Il ordonne : « Appelez le Samu, vite. Je crois qu'il est encore en vie ». Il enfile une paire de gants en latex, ouvre délicatement le véhicule, prend le pouls carotidien – le dernier à s'arrêter – de la victime et confirme son impression à ses hommes : « Oui il vit. Appelez, dépêchez-vous ! ».

Le flash de minuit qui vient de débuter sur *Sud Radio* fait la part belle au meeting politique du jour à Montpellier pour le « Non » au Traité constitutionnel européen à un peu plus d'une semaine du référendum. « Notre NON est tout le contraire d'un NON raciste et chauvin », clame à la tribune unitaire Olivier Besancenot. Dans un grognement difficile à interpréter, l'adjudant Coulonges coupe l'autoradio puis le moteur de l'Audi qu'un brigadier est en train de contourner pour une première inspection rapide des alentours. Il marque un arrêt devant le capot en l'éclairant.

– Mon adjudant, vous devriez venir voir ça ! lance-t-il.

– Ah, y'avait longtemps ! Bon, bah appelez aussi la préfecture, demandez le commissaire Chaloyard à l'UCLAT[10], c'est lui qui est de permanence je crois.

Environ vingt minutes plus tard, Chaloyard arrive sur les lieux.

– Déjà là ! s'étonne l'adjudant Coulonges.

– J'étais en réunion à la sous-pref à Bayonne cet après-midi et comme j'en ai une autre demain… On m'a transmis votre message. Alors de quoi s'agit-il ?

Pendant que le médecin-urgentiste du Samu, arrivé quelques instants plus tôt, commande par radio un hélicoptère pour transférer le blessé en urgence vers Bordeaux, deux infirmiers s'affairent à le dégager pour lui prodiguer les premiers soins. L'adjudant et le commissaire les contournent et font face au véhicule de la victime. Coulonges désigne à Chaloyard le capot d'un coup de menton.

– Ah, y'avait longtemps ! s'exclame le flic dans un étonnant, jusque dans l'intonation, mimétisme verbal avec son « collègue ». Et on connaît la victime ?

– Voici ses papiers, lui répond l'adjudant en les lui tendant.

Chaloyard semble perplexe.

– Connaîs pas, reprend-il après quelques secondes d'hésitation. Et vous, ça vous dit quelque chose ?

10- Unité de coordination de la lutte antiterroriste. Rattachée à la Direction générale de la police nationale, cette unité basée à Paris, dispose d'une antenne à Pau.

– Non, pas plus. J'irai à son domicile dans un instant.

– Non, non, laissez, je m'en charge, insiste Chaloyard. Bon, je crois qu'il va falloir réveiller le substitut du proc. À tous les coups, dès demain, du beau linge va descendre de Paris.

Un autre gendarme les interpelle. Il a retrouvé deux douilles tout près du véhicule.

– Du 9 mm, constate l'adjudant. Pas de doute, ça sent l'ETA. Mais c'est bizarre tout de même. Frapper là, en ce moment, alors que viennent de s'ouvrir des négociations entre l'Espagne et ETA. Et puis, qui est ce bonhomme qu'ils ont voulu descendre ? Peut-être une erreur.

– Ça adjudant, c'est mon boulot. Bon, on y verra plus clair demain matin... Dans tous les sens du terme. Bonne nuit.

Effectivement, tôt le lendemain, les gendarmes de la section de recherche de la brigade de Pau dépêchés sur place retrouvent une Peugeot 206 blanche immatriculée dans le Gers, avenue de Cambo à Anglet, tout près du rond-point d'accès à la quatre voies Bayonne-Ustaritz. Le véhicule, visiblement abandonné pour en prendre un autre, a été déclaré volé la veille en fin d'après-midi à Dax, dans les Landes, par sa propriétaire, une dame de soixante-et-onze ans en cure thermale avec une amie. Les choses semblent claires. Cependant, plus tard dans la journée, un communiqué authentifié d'ETA envoyé au journal *Gara* à Saint-Sébastien, complique sérieusement la compréhension des faits. L'organisation dément « *les rumeurs galopantes quant à* [son] *implication dans l'acte commis en Iparralde*[11] *hier soir. ETA n'a aucun intérêt à saborder d'entrée la volonté de dialogue enfin affichée par le gouvernement espagnol en vue d'une solution politique à l'indépendance de l'Euskadi* ». Pourtant, le doute ne semble pas assaillir les badauds qui assistent à l'enlèvement de l'Audi rouge. En apercevant l'avant du véhicule, leur premier sentiment est identique à celui des gendarmes et du commissaire Chaloyard la nuit précédente. Tagué à la bombe de peinture noire, l'inscription « Sale GALEUX » qui barre toute la tôle du capot porte la signature d'ETA.

11- Qui désigne en euskara le « Pays basque nord », c'est-à-dire du côté français des Pyrénées.

4

Apparition des GAL

Décembre 1983. Enlevé deux jours auparavant à son domicile d'Hendaye et séquestré depuis près de Bilbao, Sergio Mosquera, paisible quinquagénaire espagnol, plonge dans un profond embarras ses ravisseurs.

– Mais qui m'a foutu une bande de branques pareils, s'énerve Jesús Acedez, leur chef. Vous n'êtes vraiment que des bons à rien.

Le *sub-comisario* (commissaire adjoint) de la BRILA[(12)] de Bilbao est furieux. L'enlèvement en France d'un chef réputé d'ETA devait non seulement mettre à mal

12- Brigade régionale d'information de la lutte antiterroriste.

l'organisation indépendantiste mais aussi être l'occasion de « montrer à cette bande de terroristes que la France ne serait plus leur sanctuaire d'où ils peuvent préparer en toute tranquillité leurs actes contre l'intégrité de l'Espagne ». Une traque sans limites leur était promise.

En ce lumineux mais glacial matin de fin d'année, tout avait pourtant été minutieusement préparé. Mais Mosquera n'était pas la bonne cible. Seulement un voisin de celle-ci. Une lamentable et totale méprise.

Deux mois plus tôt, un commando de la Garde civile avait, lui, porté avec succès le premier coup à ETA hors d'Espagne. De quoi donner envie de renouveler l'opération. En enlevant deux jeunes *etarras* d'une vingtaine d'années, toujours en France, pour les ramener à Saint-Sébastien, le commando commettait certes une violation du droit international mais le message avait le mérite d'être clair : « la victoire contre ETA s'obtiendra à n'importe quel prix ». Ainsi, en plus de leur enlèvement dans un pays étranger, les deux jeunes hommes allaient être torturés à *La Cumbre*, une propriété de l'État espagnol, pendant plusieurs jours avant d'être exécutés puis enterrés dans de la chaux vive afin qu'on ne puisse jamais les identifier. Mais si cette première opération avait été une réussite militairement parlant, la suivante quelques jours plus tard tourna au cauchemar diplomatique. Les quatre GEOS qui, selon le même plan et le même mode, devaient cette fois-ci enlever Larretxea Goñi, dirigeant d'ETA, se font piquer près de la frontière par la gendarmerie française et sont arrêtés. Coup de froid sur les relations franco-espagnoles. Le téléphone rouge entre l'Élysée et La Moncloa[13] chauffe. Des deux côtés des Pyrénées, ce sont pourtant les partis socialistes qui sont désormais au pouvoir.

L'échec des GEOS comme les admonestations de Paris ne refroidissent guère les acteurs espagnols de la lutte contre ETA. C'est même au plus haut niveau que sont décidées et financées de nouvelles actions. À un bémol organisationnel près. « Puisqu'agir en France avec nos propres hommes est maintenant diplomatiquement trop risqué, nous allons en payer d'autres, de préférence étrangers, pour faire le boulot. Comme ça, nous garderons notre virginité ». Les prochaines cibles sont désignées. Elles s'appellent Gorostola, Bergara, Irazustabarrena et d'autres encore… Dans l'urgence, le commissaire adjoint Acedez auditionne et recrute ainsi des mercenaires français du milieu bordelais ou parisien ainsi que dans les rangs de petites organisations fascistes, des nostalgiques des colonies perdues d'Indochine ou d'Algérie.

– Alors, qu'est-ce qu'on fait de lui ? demande justement l'un de ces hommes à propos de Mosquera, la « mauvaise cible ». On le bute quand même ?

– Ta gueule ! Laisse-moi réfléchir. La colère d'Acedez n'a pas diminué.

13- Résidence officielle du président du Gouvernement espagnol.

Une demi-heure plus tard, une longue limousine noire peu discrète, s'approche de la planque des ravisseurs. Le débonnaire directeur de la sécurité de l'État en descend. Lui non plus n'a pas l'air satisfait.

– Putain, mais qu'est-ce que c'est que ce bordel Acedez ? De quoi on a l'air maintenant ? Déjà que nous sommes hors des clous de la légalité... Bon, heureusement, j'ai une idée et le feu vert d'en haut. Le ministre lui-même. On va retourner votre connerie à notre avantage.

En quelques mots, le directeur expose son plan à Acedez. « Génial », s'enthousiasme immédiatement celui-ci.

– Donne-moi du papier et un stylo. Voilà ce que tu vas faire.

Quatre jours après l'enlèvement raté de Gorostola, encombrant voisin de Sergio Mosquera, la Croix-Rouge espagnole reçoit un appel anonyme. Jesús Acedez en personne, la voix masquée par son mouchoir, exige la libération des GEOS toujours détenus en France, « faute de quoi Mosquera, mis aux arrêts par notre organisation en raison de sa collaboration avec les terroristes d'ETA, sera exécuté », précise-t-il. Le ministre de l'Intérieur espagnol, éploré, supplie de son côté les autorités françaises d'accéder à cette demande, ce qui lui est facilement accordé. Le lendemain, Mosquera affaibli et hébété, l'air de n'avoir toujours pas compris ce qui lui est arrivé, est effectivement relâché avec une lettre dans la poche en forme de communiqué. *« (...) Chaque assassinat des terroristes d'ETA recevra désormais la réponse que nous jugerons appropriée (...) Puisque l'État français persiste à abriter les terroristes plutôt que les pourchasser, nous nous attaquerons à ses intérêts où bon nous semblera et nous traquerons nous-mêmes, y compris en France, lesdits terroristes (...) Cependant, puisque la France a accepté de libérer quatre valeureux patriotes du GEO injustement retenus, pour preuve de notre bonne volonté nous acceptons de relâcher Sergio Mosquera, porteur de ce message* ». Si le très habile communiqué est rédigé de la main même du directeur de la sécurité de l'État, naturellement la signature est tout autre, elle apparaît et s'étale pour la première fois à la une de la presse: « GAL », *Grupo antiterrorista de liberación* (Groupe antiterroriste de libération).

L'apparition du GAL sur la scène médiatico-politique des deux côtés des Pyrénées fait l'effet d'une bombe. Jesús Acedez jubile. Le plan de son chef fonctionne au-delà de ses espérances. Née d'une méprise, l'organisation « contre-terroriste », créée en un coup de stylo, obtient une subite notoriété et, la stupeur générale passée, suscite l'admiration chez les uns, la crainte chez les autres. S'appuyant sur l'onde de choc produite, les chefs galeux en profitent dans la foulée pour revendiquer l'assassinat des deux jeunes *etarras* deux mois plus tôt et vont même jusqu'à dessiner un logo pour leur nouvelle officine en singeant celui d'ETA. Puisque les indépendantistes ont choisi un serpent s'enroulant autour d'une hache, les galeux reprennent le même à cette différence que la hache tranche la tête du serpent. Les *etarras* traqués jusque dans leur sanctuaire, la France « obligée » de collaborer : effectivement, le plan du directeur de la sécurité de l'État espagnol est « génial ». Génial et machiavélique. L'illégalité institutionnelle protégée par l'anonymat. Quelques années après la disparition de nombreux groupuscules franquistes[14] disposés à suppléer la police et l'armée officielles dans la bataille contre l'indépendance du Pays basque, le GAL relance la *Guerra sucia* (la Guerre sale) et s'apprête à la porter à un niveau jamais atteint jusque-là.

À Madrid, dans le bureau du directeur de la Sûreté de l'État, Acedez est tout à sa jubilation.

– Pour limiter les erreurs type Mosquera, il me faudrait plus de moyens, renchérit-il en allumant une cigarette.

– Ne t'inquiète pas, tu auras tout ce dont tu as besoin, indique, confiant, son supérieur.

– Il nous faut obtenir des complicités de l'autre côté des Pyrénées. Des renseignements fiables sur les planques des *etarras*, leurs habitudes. Et des gens mieux préparés pour les éliminer.

– Tu as une idée ?

– « Jean-Loup », un flic français de la PAF[15]. C'est un ami. Il est disposé à nous aider.

– Il a l'appui de sa hiérarchie ?

– Aucune idée.

14- La *Triple A* (Alliance apostolique anticommuniste), les *Guerilleros de Cristo Rey* (Guerriers du Christ-Roi) ou plus récemment le *Batallón vasco español* (Bataillon basque espagnol)...

15- Police de l'air et des frontières, ancêtre de la Police aux frontières.

– Bon, peu importe. Nous allons t'ouvrir une ligne de crédit en Suisse. Alors, chouchoute-le, paye-le bien, emmène-le au foot, aux putes, tout ce qu'il aime. Profites-en toi aussi. Mais je veux des résultats rapides et spectaculaires. Que ces chiens aient peur. Fais ce qu'il faut pour que tout le monde soit content. Nous, on s'occupe de nos amis au gouvernement français. De bonne grâce ou contraints, ils seront obligés de nous suivre.

Le visage long et émacié de Jesús Acedez s'éclaire soudain. Un léger rictus soulève sa fine lèvre supérieure. Le GAL sera bientôt en ordre de marche.

5

L'inquiétude

« Il est arrivé quelque chose à ton grand-père. Tu peux rentrer ? Bisous ». Le texto est bref et c'est bien ce qui inquiète Inès. L'heure de son expédition aussi. À cinq heures du matin, en sortant de boîte, on n'a pas envie de jouer aux devinettes surtout quand deux ou trois verres de différents alcools et les sons amplifiés crachés par les caissons de basses cognent toujours aussi fort à l'intérieur de votre crâne. Alors Inès décide d'appeler sa grand-mère, « Nanou » comme elle la surnomme, même si elle n'ignore pas que la conversation sera difficile. Mais sa première préoccupation est d'abord de se débarrasser du mec qui lui colle au cul depuis plusieurs heures. Elle a eu beau le repousser toute la nuit, plus le temps passait plus il picolait et plus il se sentait pousser des ailes. Un mec qu'elle n'avait jamais vu ; un vague copain d'un copain d'une copine… Bref, le genre qui s'incruste par on ne sait quel biais. Même pas terrible physiquement en plus. C'est Amaia qui lui sauve la mise sous les arcades de la rue de Rivoli. « File-moi ton 06, je le donnerai à Inès… Là, il faut qu'elle passe un coup de fil urgent, alors tu la laisses tranquille ».

Amaia a tout de suite senti le trouble de son amie quand celle-ci a découvert le *sms* de sa grand-mère qui lui a aussitôt tiré un « Merde ! » très expressif. Pendant qu'elle occupe, non sans mal, le pot de colle qui balbutie des inepties, Inès s'écarte et compose le raccourci du numéro de sa grand-mère sans se préoccuper de l'heure.

– C'est moi. Qu'est-ce qui se passe ? demande-t-elle d'un ton que son angoisse a rendu un peu sec.

– A – ou

– Oui c'est Papou, je sais. Que lui est-il arrivé ?

– Qu'un – a – ié – su – nui – dans – ète, et…

– Calme-toi Nanou. Réponds seulement par oui ou par non. Papou a eut un accident ?

– On… euh, i.

– Non ou oui ?

– I.

– C'est grave ?

– I.

– Il… (Inès hésite) Il est en vie ?

– I.

– Bon, je vais rentrer, reprend Inès un peu soulagée. Il est à l'hôpital ?

– O – do.

– O – do ? O – do, O – do…, répète Inès réfléchissant à voix haute. Ah, à Bordeaux, c'est ça ?

– I.

– J'arrive le plus vite possible. Tiens-moi au courant par *sms* de sa santé et indique-moi précisément dans quel hôpital et quel service il se trouve. Je t'embrasse ma Nanou…

L'hospitalisation à Bordeaux et non à Bayonne a fait remonter l'inquiétude d'Inès d'un cran. C'est forcément très grave. Et ce n'est pas sa grand-mère qui peut la rassurer, elle le sait. Si Inès l'a appelée ce n'était pas pour avoir des informations claires et précises qu'elle savait ne pouvoir obtenir, et pour cause, mais juste pour interpréter ses réactions, ses émotions (pleurs, agitation…) qui lui donneraient de premières indications sur l'état de santé de son grand-père.

Jocelyne Delors-Pozuelo a raccroché le combiné et, tremblotante, commence à taper les renseignements demandés par sa petite-fille sur le clavier de son téléphone portable.

Le corps svelte et toujours musclé sans la moindre trace apparente de gras superflu, le visage aux traits fins seulement altéré par quelques rides s'étirant en éventail depuis le coin de ses petits yeux bleus que des lunettes ne viennent masquer que depuis quatre ou cinq ans seulement et uniquement pour lire, une chevelure coupée au carré, d'un gris argenté qu'elle ne cherche pas à cacher : la grand-mère d'Inès porte beau sa soixantaine tonique. Une ancienne sportive qui ne pratique plus guère aujourd'hui que le cyclisme et un peu la natation mais qui fut autrefois excellente en course à pied et en escalade. C'est du moins ce qu'en a toujours dit son mari, Casimiro, à leur petite-fille. Si beaucoup de photos et de trophées en attestaient naguère, Inès n'a pas souvenir d'en avoir vu un seul. Elle n'a bien sûr pas non plus souvenir que sa grand-mère lui en ait parlé. Mais là, elle sait pourquoi. Depuis vingt ans tout juste, Jocelyne Delors-Pozuelo souffre d'un très sérieux trouble de l'élocution consécutif à un accident vasculaire cérébral (AVC) lui-même contracté à la suite d'un grave choc émotionnel. Toujours très attentionné avec sa petite-fille, Casimiro lui en a expliqué les raisons dès son plus jeune âge (« Tu sais, Nanou ne te parlera jamais comme la plupart des autres mamies. Elle a eu un accident qui l'en empêche »), lui donnant plus de détails au fur et à mesure qu'elle grandissait pour lui fournir l'explication complète à sa majorité, en même temps que les circonstances de la mort de son père. Si celui-ci a été abattu au cours de ce fameux règlement de compte, « Nanou en a été une victime collatérale, a encore expliqué Casimiro. Deux ans à peine après la mort de sa fille, ta maman, elle perdait son gendre.

Ça a été un très, très grand choc pour nous deux bien sûr, mais, elle, n'a jamais pu s'en remettre complètement. L'accumulation de ces deux tragédies rapprochées lui a été insupportable. C'est déjà assez miraculeux qu'elle s'en soit sortie vivante, sans plus de dommages. On ne revient pas toujours d'un AVC, tu sais. Pas souvent même. »

Même s'il lui revient parfois en mémoire quelques fou-rires mémorables avec sa grand-mère – encore récemment lorsque Casimiro s'est endormi pendant le match Espagne-Chine de football, ronflant à faire trembler les murs – Inès n'a donc plus réellement communiqué avec elle depuis vingt années, alors qu'elle n'était qu'une toute petite gamine aux bouclettes désordonnées. Une éternité durant laquelle Jocelyne s'est d'abord mise en retrait de tout et tout le monde avant de littéralement s'enfermer au moins douze heures par jour dans son atelier de peinture, délégant la totalité de l'éducation de sa petite-fille, l'organisation de ses loisirs, la vigilance autour de ses premières amours, à son mari. Elle ne s'occupe plus guère que des tâches qui ne la mêlent à personne. Sans doute pour ne pas avoir à exposer publiquement son handicap, encore moins à l'évoquer. Aussi, quand il lui arrive malgré tout de mettre le nez dehors, ce n'est que pour s'isoler à la piscine municipale afin d'y aligner des longueurs ou aller faire du vélo à vive allure avec Casimiro, très tôt, presque chaque matin sauf le week-end sur les routes du Vexin. L'équilibre du couple ne semble maintenu que pour celui d'Inès. Qu'adviendrat-il après son départ, son envol de ses propres ailes ? Ni Jocelyne ni Casimiro ne semblent y avoir songé, chacun pensant peut-être qu'il est de toute façon lié à l'autre à vie par ces événements tragiques.

Sur l'autoroute A10, cette fois-ci dans le sens nord-sud, bien avant la date prévue, malgré les efforts d'Amaia pour la distraire, Inès qui lui a laissé le volant de sa vieille Clio, rêvasse à tout ça, à l'accident de son grand-père, à ses conséquences éventuelles. Elle n'a pas envie de sourire ou de chanter les tubes actuels, pas même celui d'Amel Bent décidément omniprésente sur les antennes de ce printemps 2005.

6

« Il devrait s'en sortir »

« Désolée de te jeter comme ça, si vite ».

Inès abandonne Amaia à la gare de Bordeaux-Saint-Jean, les larmes aux yeux. Elle ne veut pas lui imposer un spectacle à l'hôpital dont elle n'a aucune idée de la teneur. Avec un peu de chance, Amaia attrapera le train de 13h51 pour Bayonne. Inès la retrouvera plus tard, mais elle ne sait pas quand. Selon l'état de santé de son grand-père, afin d'être plus proche de lui, peut-être s'installera-t-elle quelque temps dans l'appartement de Mikel à Talence (elle le lui demandera dès qu'elle l'aura par Skype) à une quinzaine de stations de tram de l'hôpital. Un moyen de transport impliquant un temps de trajet plus long mais qui permet de passer à travers les bouchons et d'éviter l'arnaque des parkings.

À l'accueil des urgences, l'infirmier qui reçoit Inès la renvoie aussitôt vers un policier en civil qui semble donner des consignes à un autre, en tenue, qui se tient devant un box. Sans tenir compte de ce passage visiblement obligé, Inès s'approche de l'entrée du box, quand le flic en civil l'interpelle.

– Hep, hep, hep mademoiselle ! Où allez-vous comme ça ? lui demande-t-il.

– Je vais voir mon grand-père.

– Bonjour, je suis le commissaire Chaloyard. Vous avez des papiers d'identité, s'il vous plaît ?

– Mais qu'est-ce qui se passe ? interroge Inès de moins en moins rassurée en lui tendant son permis de conduire. Pourquoi mon grand-père est-il surveillé par la police ?

– Pour être plus précis, je dirais plutôt que nous veillons sur votre grand-père, répond Chaloyard en rendant sa pièce d'identité à Inès. Votre grand-mère est à l'intérieur, vous pouvez y aller mais j'aimerais vous voir ensuite. Prenez votre temps.

– Non, dites-moi maintenant.

– Vous êtes sûre ? Je ne suis pas pressé.

– Moi si. De savoir.

– Comme vous voulez. Connaissez-vous des ennemis à votre grand-père ? A-t-il déjà fait part de menaces reçues ?

– Mais non, pas du tout. Je ne comprends rien. Qu'est-il arrivé ? s'emporte un peu Inès devant ce jeu de cache-cache.

– Votre grand-père s'est fait tirer dessus la nuit dernière. Deux balles dont l'une dans la tête. Il est gravement touché mais il vit. Le professeur qui l'a opéré vous en dira plus que moi. Notre présence ici…

Le commissaire Chaloyard s'interrompt alors que le professeur en question sort du box. Inès est livide, bouche bée, comme éteinte. Chaloyard interpelle lui-même le toubib.

– Mademoiselle Pozuelo, voici le professeur Aubert, neurochirurgien. C'est lui qui a opéré votre grand-père. Je vous laisse avec lui. Nous reprendrons cette conversation plus tard, rien ne presse.

Invitée à pénétrer dans le box de soins d'urgence, Inès se précipite, en pleurs, dans les bras de sa grand-mère, presqu'impassible. Casimiro, bardé de tuyaux et le visage entièrement masqué par un bandage, tel une momie, ne prouve qu'il est en vie que par les *bips* réguliers émis par le moniteur de surveillance qui lui est relié.

– Je suis désolé mademoiselle, je n'ai pas beaucoup de temps, s'excuse le professeur. Comme je l'ai expliqué à votre grand-mère qui ne peut pas vous retranscrire mes dires si je comprends bien…

– Elle a eu un AVC qui la prive de la parole, l'interrompt brièvement Inès.

– D'accord. Donc je lui disais que votre grand-père a reçu deux balles que nous avons pu extraire, rassurez-vous. La première dans l'omoplate ne lui posera pas de problème. Tout juste aura-t-il peut-être du mal à lever le bras gauche à l'avenir. La deuxième est plus problématique pour l'instant mais il a eu une chance inouïe. Elle est entrée au-dessus de la mâchoire, a traversé le crâne sous le plancher du cerveau et s'est immobilisée tout prêt des pédoncules cérébelleux inférieurs, ceux qui descendent vers le bulbe rachidien...

Alors qu'une infirmière entre vérifier le fonctionnement et les données du moniteur ainsi que le branchement des perfusions, le professeur Aubert s'interrompt quelques instants. Devant la mine interrogative d'Inès, à qui ce jargon médical n'a apporté aucun réconfort, il reprend, un brin condescendant, ce que ne remarque même pas Inès.

– Je suppose que tout cela ne vous dit rien... Ce que j'essayais de vous expliquer, c'est que malgré les apparences, il y a une très forte probabilité que non seulement votre grand-père vive, mais qu'il s'en tire sans trop de dommages cérébraux. Nous pourrons nous prononcer définitivement dans quelques jours.

À cet énoncé, même s'il se veut rassurant, les nerfs d'Inès craquent. Elle se dirige alors vers le corps inerte de son grand-père, lui prend la main pour l'embrasser. À l'extérieur du box, le commissaire Chaloyard patiente toujours. Il n'a pas dormi depuis près de vingt-quatre heures et n'aspire plus qu'à aller s'allonger. Mais il n'ose pas déranger Inès. Ce n'est qu'une demi-heure plus tard que celle-ci ressort avec sa grand-mère accrochée à son bras. À moins que ce ne soit l'inverse.

– Comment va-t-il ? demande Chaloyard qui masque son léger agacement.

– Il est inconscient mais le professeur est confiant, répond Inès qui ne semble pas s'être rendue compte qu'elle a fait poireauter le flic plus que de raison. Vous vouliez me dire quelque chose. Vous savez qui lui a tiré dessus et pourquoi ?

– Nous prenons cette affaire très au sérieux. Non, nous ne savons pas qui lui a tiré dessus mais nous savons pourquoi. Votre grand-père est accusé par le ou les tireurs d'avoir été un galeux.

– Un galeux ? s'étrangle presque Inès en fronçant les sourcils. Qu'est-ce que c'est que ça ?

– Un membre des GAL si vous préférez. Les Groupes antiterroristes de libération… Vous ne connaissez pas ? Le Pays basque, le milieu des années 1980, il y a une vingtaine d'années, quoi… Ça ne vous dit rien ?

– Mais non. De quoi s'agit-il ?

– C'est vrai que vous étiez à peine née si j'en crois la date de naissance sur votre permis. Écoutez, je n'ai pas le temps de vous expliquer. Je pensais que vous pourriez m'en dire plus mais vous n'êtes visiblement au courant de rien.

– Mais de quoi je devrais être au courant ? s'énerve Inès.

– Du passé de votre grand-père, de ses fréquentations… Mais que vous n'en sachiez pas plus n'est pas important. Au contraire, croyez-moi, moins vous en savez, mieux c'est pour vous-même. Je peux simplement vous dire que votre grand-père a sans doute été victime d'un acte terroriste, vraisemblablement d'ETA, en représailles justement de son passé supposé ou réel. C'est ce que nous cherchons à déterminer. C'est très sérieux, mais ne vous tracassez pas, je prends l'affaire en mains. Personnellement !

Une fois de plus interloquée, Inès a du mal à trouver ses mots. Elle donne machinalement son numéro de téléphone à Chaloyard qui tente de la rassurer en prenant congé et en lui glissant sa carte. Elle ne l'entend pas lui demander de la prévenir si quelque chose lui revient en mémoire.

« Après mon père, ETA veut à présent me prendre mon grand-père ? » est l'interrogation qui la tourmente désormais. Et elle n'est sans doute pas près d'être levée.

7

Qui est vraiment Casimiro Pozuelo ?

Après avoir dîné légèrement – ni l'une ni l'autre n'avait le cœur à ripailler – Inès dépose sa grand-mère à son hôtel, rue Joseph-Abria, suffisamment proche de l'hôpital Pellegrin pour pouvoir s'y rendre facilement. Installée de son côté dans l'appartement de Mikel, elle s'allonge sous la couette bleue qu'elle avait tirée par-dessus les draps froissés juste avant d'accompagner son mec à l'aéroport trois jours auparavant. Elle entreprend aussitôt de le joindre une nouvelle fois. C'est l'heure. Sur l'écran, près de la photo de Mikel, Skype annonce « Connecté ». Enfin. Celui-ci est souriant mais peu bavard. De toute façon Inès ne lui laisse guère l'espace d'en placer une. Elle lui demande d'emblée si elle peut profiter de son studio puis, pour y justifier sa présence, enchaîne sur l'accident ou plutôt l'attentat à l'encontre de son grand-père, raconte qu'un flic lui a dit que c'était sans doute ETA qui était derrière, que sa grand-mère et elle sont un peu chamboulées même si ça va mieux maintenant que le professeur les a rassurées et lui demande enfin s'il va bien et pourquoi il a été si long à se connecter. Si Mikel répond à ses interrogations, il ne s'y attarde pas. « Et que t'a dit d'autre le flic ? » semble être son unique préoccupation.

– Bah, pas grand-chose. Il voulait surtout savoir si Papou avait des ennemis et si je savais quoi que ce soit de ses activités. Ah si, ceux qui lui ont tiré dessus l'ont traité de « galeux ». Tu dois savoir ce que c'est toi, non ? Le flic m'a expliqué mais j'y comprends rien. J'ai l'impression qu'il me parle de quelqu'un d'autre.

– Oui je sais ce que c'est, répond Mikel. Je t'expliquerai. Il ne t'a rien dit d'autre ?

– Non. Tu rentres quand ? J'ai besoin de toi.

– Je ne sais pas. Pas tout de suite. C'est trop tôt. Mais ne t'inquiète pas, je t'...

– Tu ? Oui ? Tu quoi ? Allez, dis-le.

– Tu sais bien.

Inès sait mais Mikel ne dira rien de plus.

Peu après avoir mis fin à leur conversation, Inès fouille dans son sac afin d'y saisir son téléphone et d'envoyer un *sms* rassurant à Amaia qui a été si compréhensive et d'un si précieux soutien. « Merde ! ». Inès pense qu'elle a laissé son portable sur le bureau de la chambre de sa grand-mère à l'hôtel lorsqu'elle l'a aidé à s'installer.

21 h 30, mamie ne doit pas encore dormir, il est sans doute encore temps d'y aller, pense-t-elle. En ouvrant la porte de la cage d'escalier au deuxième étage de l'établissement – elle n'emprunte jamais l'ascenseur pour moins de quatre niveaux – Inès tombe presque nez à nez avec Chaloyard qui, lui, attend l'engin élévateur. Les deux ont l'air surpris. Inès sans doute un peu plus, non seulement de le retrouver ici mais surtout dans cette tenue qui lui tire un sourire si visible qu'elle se sent obligée de s'en excuser. Dans son Marcel blanc à grosses côtes, la pilosité des aisselles et la bedaine débordantes, le physique replet du commissaire de police correspond plus à l'image d'un Dupont Lajoie de retour de sa pétanque. Ne lui manque qu'un bob Ricard sur la tête à moins qu'il ne soit du genre à porter une casquette « NYPD[16] » pour faire flic branché. Lorsqu'en pouffant elle évoque la scène à sa grand-mère, celle-ci n'a pour seule réponse que lui indiquer l'endroit où elle a oublié son téléphone. Quand même, ce flic dans cet accoutrement avec sa grosse chevalière à tête de lion au petit doigt et son énorme tache rouge comme une brûlure mal cicatrisée en haut du bras… C'est risible non ? C'est fou comme certains détails sautent aux yeux quand les gens quittent leur fard et leurs apparats. De face puis de

16- New York police department

profil, machinalement Inès se regarde dans le miroir de la chambre et tente de s'imaginer quelle représentation elle donnerait aux autres s'ils la voyaient presque nue dans un couloir d'hôtel. Le miroir lui renvoie l'image d'une superbe jeune fille aux yeux bleu lagon sur peau mate, un visage aux traits minces entrecoupés de fines lèvres. Avec sa silhouette de mannequin non anorexique, elle espère qu'elle leur ferait envie, y compris à des femmes. Ce qui n'était assurément pas le cas de Chaloyard, installé dans cet hôtel parce que trop tard pour rentrer chez lui à Pau, lui a-t-il expliqué.

La conversation avec Amaia par textos s'est vite transformée en véritable discussion par écrans interposés. C'est quand Inès a évoqué le terme de GAL qu'Amaia lui a proposé « de continuer sur Skype ».

– Mais c'est incroyable ce truc, s'étonne Amaia. C'est pas possible, c'est pas ton grand-père ça.

– C'est ce que j'ai répondu au flic.

– Bon, faut que tu voies ma mère. Elle en sait bien plus que moi sur les GAL, tu verras. Tu rentres quand ?

– J'sais pas. Ça dépend de l'évolution de l'état santé de Papou.

Dès le lendemain, Inès est fixée. Le professeur Aubert lui assure qu'il ne faut pas attendre d'amélioration visible avant plusieurs jours, qu'elle et sa grand-mère peuvent rentrer si ce n'est en banlieue parisienne, au moins à Bassussarry. De toute façon, elles peuvent joindre le service à toute heure du jour et de la nuit, on leur répondra.

Une pluie fine entrecoupée d'éclaircies tombe sur le Pays basque depuis plusieurs jours. L'herbe du jardin commence sérieusement à se sentir des envies de chatouiller le ciel mais Casimiro n'est plus là pour la ramener à des désirs plus terre-à-terre. Ce n'est guère une préoccupation pour Inès. Tout le long du chemin, elle et sa grand-mère ont vainement essayé d'obtenir quelques infos, ne serait-ce qu'un écho, sur les tirs qu'a essuyé Casimiro Pozuelo, mais rien. Toutes les radios – comme les télés d'ailleurs – sont en boucle depuis des semaines sur le même sujet. D'experts en éditorialistes on y explique pourquoi il faut voter, « comme le Parlement allemand vient de le faire » pour le Traité constitutionnel européen le week-end prochain. Ce qui agace d'autant plus Inès qu'elle a plutôt l'intention de voter contre.

Pendant que Jocelyne ouvre les volets d'*Ortzadarra*, Inès monte leurs valises dans les chambres situées à l'entresol et l'avertit ensuite qu'elle file voir Amaia en passant par le jardin comme l'une et l'autre le font toujours depuis qu'elles sont petites. Pantxika, la maman d'Amaia, n'est pas encore rentrée mais cela ne saurait tarder. En attendant, sa fille explique à son amie pourquoi elle est si bien placée pour lui parler des GAL. « Tu sais maman, est la fille d'un réfugié basque espagnol qui a fui le régime de Franco en 1964. Mon grand-père est mort il y a huit ans mais il a bien briffé ses enfants, je te l'assure. Ma mère a repris le flambeau de la lutte antifasciste ici et je me demande aussi si elle ne traîne pas de temps en temps avec des *etarras*… enfin des militants d'ETA si tu préfères, surtout depuis que mon père s'est courageusement enfui avec la voisine ». Inès a tout juste eu le temps de se renseigner sur cette « guerre sale » entre GAL et indépendantistes d'ETA. Sans pouvoir ni vouloir prendre parti, le rapide portrait qu'Amaia a dressé de sa mère la met mal à l'aise car enfin, ce qu'elle sait concrètement d'ETA, c'est qu'il s'agit d'une organisation qui l'a déjà privée de son père et vient de tenter de lui prendre son grand-père. Que Pantxika, qui vient d'arriver, en soit plus ou moins proche ne la ravit pas franchement. Et la méfiance semble réciproque même si Inès est un peu comme la seconde fille de Pantxika. D'ailleurs, le soupçon de celle-ci est plus porté à l'égard de Casimiro dont elle se dit soudainement qu'elle ne sait pas grand-chose finalement. Pas plus que de Jocelyne. Est-il un Galeux ? Et sa femme, si mystérieuse, est-elle au courant ? A-t-elle couvert son mari ? Peut-être conviendrait-il d'être prudente aussi avec leur petite-fille, imagine un instant Pantxika balayant aussitôt l'idée. Et puis quoi encore ? Suspecter une enfant qu'on a vu grandir, meilleure amie de sa propre progéniture ? Non. Définitivement, non ! La verve naturelle et la passion de Pantxika reprennent vite le dessus.

– Tu sais Inès, les GAL étaient des gens de la pire espèce, débute-t-elle franchement. Je ne crois pas une seconde que ton grand-père en ait fait partie un jour. C'est sûrement une erreur, conclut-elle plus prudemment pour ne pas offenser l'amie de sa fille mais sans en avoir la moindre assurance.

– Tu veux dire que les GAL ont tué des gens innocents ? Des enfants ? Mais ETA aussi, non ? La guerre n'engendre-t-elle pas automatiquement des choses « sales » des deux côtés ? questionne Inès.

– Sans doute. Mais encore faut-il se poser les bonnes questions sur les origines d'un conflit, sur sa légitimité et sur ses belligérants. Tu sais, mon père, le grand-père d'Amaia était un *etarra*… tu sais ce que c'est ? Oui ? Bon. J'avoue souscrire à nombre de ses idées qu'il m'a transmises. ETA revendique l'indépendance du Pays basque. Est-ce légitime ? J'ai la conviction que oui. Les indépendantistes ont payé un lourd tribut aux méthodes de Franco et sont à l'origine de la fin du franquisme et même des derniers régimes fascistes en Europe. En faisant sauter Carrero Blanco, le successeur désigné de Franco, dans sa voiture en 1973, tout le monde a reconnu qu'ETA rendait un fier service aux démocraties. Mais à l'heure de la récompense, il n'y avait plus grand monde pour les soutenir.

– Mais le Pays basque jouit d'une grande autonomie quand même…

– Autonomie n'est pas indépendance.

– Les GAL défendaient l'Espagne, ETA l'indépendance. Pour moi, il y a match nul. Chacun ses convictions.

– Les GAL défendaient surtout une certaine idée de l'Espagne. Ils craignaient aussi les gouvernements « socialistes » qui prenaient le pouvoir, successivement de chaque côté des Pyrénées. La suite leur a prouvé qu'ils n'avaient pas grand-chose à craindre d'eux… Ils n'étaient pas forcément tous des nostalgiques de Franco, mais s'ils avaient l'impression que le gouvernement ne faisait rien contre ETA qui tuait, c'est vrai, prioritairement des militaires ou des gardes civils, beaucoup d'entre eux laissaient planer la menace d'un coup d'État militaire et d'un retour du franquisme huit ans après la mort de ce pourri…

– En 1983 ? Tu insinues que le gouvernement espagnol se cachait derrière les GAL ? Mais tu viens de rappeler que ce sont pourtant les socialistes qui gouvernaient à ce moment, précise Inès dont un cours d'histoire au lycée lui revient fort à propos.

– Mais justement Inès. Les « socialistes » comme tu dis, ne voulaient pas plus donner l'indépendance aux Basques que Franco. Et ce sont même eux qui ont d'abord laissé faire les GAL puis les ont encouragés pour finalement carrément les financer.

– Comment c'est possible ? Non, c'est trop gros. Pas eux…

– Barrionuevo ça te dit quelque chose ?

Pendant qu'Amaia remplit les tasses sur la table basse pour une deuxième tournée de thé, et face à la moue interrogative d'Inès, Pantxika reprend.

– C'est le ministre de l'Intérieur du gouvernement « socialiste ». Lui-même était tellement « socialiste » d'ailleurs, qu'il a passé sa jeunesse dans un mouvement franquiste. Admettons qu'il ait eu une révélation divine et qu'il soit devenu socialiste. N'empêche, il a été condamné pour détournement de fonds, ceux qui ont servi à financer les GAL, des milliards de pesetas, plusieurs millions d'euros d'aujourd'hui, ainsi que pour l'enlèvement et la séquestration en 1983 d'un pauvre bougre à Hendaia(17) soupçonné d'appartenir à ETA. Le pauvre, il n'a rien compris à ce qui lui arrivait.

– Bon, une brebis galeuse ça arrive... Elle porte bien son nom celle-là tiens, s'amuse enfin Inès.

– Tu parles, rétorque aussitôt Pantxika sans sourire. D'autres ont été condamnés. Et on sait tous que González(18) était au courant. C'est obligé. Les GAL ont prospéré sous un régime « socialiste », ma chérie. Tu te rends compte ? Ça en dit long sur leurs réelles convictions. Il est aussi et peut-être surtout là le scandale des GAL. Et ce n'est pas mieux du côté du Parti populaire(19). À part dans leur jeu politicien, ils se sont tous entendus pour casser la revendication d'indépendance par n'importe quels moyens, y compris et surtout illégaux. Figure-toi qu'aucun des condamnés d'importance dans cette affaire n'a effectué un tiers de sa peine. PSOE ou PP, ils se sont tous arrangés pour les faire libérer.

– Mais les GAL frappaient bien en France ? Et ici, les autorités ne disaient rien non plus ? Elles ne se posaient pas de questions ?

17- Hendaye.

18- Felipe González, ancien secrétaire général du PSOE (*Partido Socialista Obrero Español*, Parti socialiste ouvrier espagnol) puis premier Président du Gouvernement espagnol (de 1982 à 1996) élu après les années de transition post-franquisme.

19- Le Parti populaire (*Partido popular*) est le principal parti de droite en Espagne.

– Elles ont eu vite les réponses à leurs questions. Bien sûr que Mitterrand et ses différents premiers ministres et ministres de l'Intérieur savaient qui étaient derrière les GAL. Mais dans un premier temps ils ont apporté les mêmes réponses que de l'autre côté des Pyrénées : « risque de rebasculer dans le franquisme donc on laisse faire ». Et puis, eux-mêmes étaient empêtrés dans leur propre affaire de terrorisme d'État. Les services secrets français venaient de faire sauter un bateau de Greenpeace, le *Rainbow Warrior*, bien loin d'ici, en Nouvelle-Zélande. Il y a eu un mort. Alors, tu les imagines faire la leçon à leurs copains espagnols ? Mais tout de même, au bout d'un moment il est devenu très gênant de fermer les yeux. Tant que le gouvernement était également « socialiste » en France aussi, Mitterrand, ami personnel de González, ne pouvait ni tolérer que des *etarras* préparent des attentats depuis la France ni extrader ces mêmes *etarras* vers l'Espagne, pays pratiquant encore ouvertement la torture dans ses prisons et casernes. Du coup, beaucoup d'*etarras* ont été expulsés à l'étranger, surtout en Amérique du sud, dont mon père en 1984 qui, pourtant, ne faisait plus qu'abriter à la maison certains de ses amis d'ETA avec qui il avait combattu Franco. Mais tout ça constituait déjà une demi-victoire pour le gouvernement espagnol qui souhaitait éloigner à défaut de pouvoir les emprisonner, les « terroristes ». En cela les GAL étaient utiles à tout le monde du coup. À l'Espagne qui voyait beaucoup d'*etarras* s'éloigner loin de leur sanctuaire, soit qu'ils partaient d'eux-mêmes, soit qu'ils étaient expulsés, et au gouvernement français qui se débarrassait de réfugiés politiques encombrants. Et ceux qui ne fuyaient pas ou qui n'étaient pas expulsés, ils étaient traqués et débusqués par les GAL.

– Et comment faisaient-ils pour les débusquer si facilement apparemment ?

– Grâce à la complicité de certains flics français qui ont agi en faveur des GAL pour les mêmes raisons que les flics espagnols.

– Des flics français complices ?

– Comment crois-tu que les galeux savaient tout des déplacements, des lieux de résidence des *etarras* ?

– Mmmm… Pourquoi dis-tu « Tant que le gouvernement était également socialiste en France aussi » ? interroge Inès, soudainement assoiffée de détails.

– Parce qu'en mars 1986, c'est Chirac qui devient premier ministre de Mitterrand, vous avez dû apprendre ça au lycée les filles, questionne Pantxika en se tournant vers Inès et Amaia alternativement. La cohabitation droite-gauche, ça vous parle quand même ? Bon. Et avec Chirac, on retrouve Pasqua à l'Intérieur et Pandraud comme ministre de la Sécurité. Vous voyez un peu le tableau… Et là, changement de méthodes. Pasqua demande à González de faire cesser tout de suite les exactions des GAL, non parce que c'est un grand démocrate respectueux du statut de réfugié politique voire pro indépendantiste – faut pas déconner – mais juste parce que le président du gouvernement espagnol est un pote de Mitterrand. En échange de quoi, Pandraud et Pasqua ont raflé plusieurs centaines d'*etarras* en quelques mois et les ont expulsés en Espagne cette fois, en vertu d'une « procédure d'urgence absolue » qu'ils venaient spécialement de pondre. Du coup, encore une fois, tout le monde était content. Les uns récupéraient ceux qu'ils voulaient, les autres se débarrassaient de ceux dont ils ne voulaient plus. D'ailleurs, comme par hasard, les attentas des GAL se sont arrêtés à cette époque. Il n'y en a eu qu'un seul après ça mais pour d'autres raisons.

– Même dégueulasses, ça reste malgré tout des méthodes logiques entre deux camps qui se font la guerre non ? oppose Inès.

– Ce n'est pas comme ça qu'un État dit démocratique doit régler un conflit sur l'indépendance d'un territoire. En envoyant à l'étranger des groupes parapoliciers ou paramilitaires aux méthodes illégales et antidémocratiques pour faire un sale boulot plutôt que négocier sur des bases politiques.

– Mais des négociations, il y en a toujours eu. D'autres viennent même de commencer non ?

– Oui, il y en a toujours eu. Ça fait même trente ans qu'il y en a… Tu vois le résultat ?

Pantxika marque une pause et avale une gorgée de son thé plus vraiment brûlant. La tête rejetée en arrière, Inès se tait un instant comme pour laisser l'explication pénétrer son esprit, y mûrir. Pantoise, sonnée, elle se lève doucement, croise les bras et marche vers la baie vitrée ouverte sur le jardin. Elle regarde le ciel de plomb qui s'est largement fendu de bleu. Une éclaircie a fait son apparition depuis quelques minutes. Inès se place dans l'axe du rayon du soleil et se laisse envahir par sa chaleur. C'est à présent à l'intérieur de la maison que l'atmosphère semble plus froide et plombée. Pantxika et Amaia respectent le silence comme imposé par leur visiteuse pour sa réflexion puis la première se lève à son tour pour s'en approcher. Inès paraît revenir à elle avec un peu plus d'aplomb.

– Bon… Je ne sais pas quoi en penser. Peut-être que tu as raison, au moins en partie. Mais en tout cas, mon grand-père, lui, il n'a rien à voir avec ces gens-là, c'est évident. Il…

– Tu en es bien sûre Inès ? coupe Pantxika.

Sentant qu'elle vient maladroitement de la blesser, la mère d'Amaia prend aussitôt Inès dans ses bras. Mais les larmes qui montent aux yeux de la jeune fille proviennent aussi du doute qui a fini par s'instiller en elle. Et si c'était vrai ? Si Casimiro avait été un « Sale GALEUX » comme inscrit sur le capot de sa voiture ?

– Excuse-moi ma chérie, reprend la mère d'Amaia. Rien de tout ça ne ressemble à ton grand-père tel que je le connais.

Casimiro Pozuelo a toujours été un modèle pour Inès. Le véritable père, suppléant parfaitement celui qu'elle a si peu connu même si elle rêve souvent de lui.

Le cerveau humain va parfois si vite que ce n'est qu'en quelques secondes que toute l'existence d'Inès défile. Et jamais elle n'y voit son aïeul autrement que comme un grand-père aimant, attentif, dévoué, vigilant ou inquiet pour sa petite-fille. L'épisode de la presque noyade au festival Herri Urrats en 1991 n'en est qu'une toute petite illustration. Aimant, attentif, inquiet, Casimiro est tout le contraire de sa femme, Jocelyne, campée, enfermée dans son handicap qui la rend si froide et si austère la plupart du temps.

Des premiers tours de roues de vélo sans stabilisateurs à la première poignée de main souriante à Mikel, le seul garçon qui ne soit jamais entré au domicile familial, en passant par les visites chez le pédiatre puis le médecin et le gynécologue ; de l'accompagnement à chaque rentrée des classes aux rendez-vous avec les enseignants ; de l'achat des dernières couches aux premières serviettes hygiéniques, Casimiro a toujours été là, prévenant, serviable, bref! présent aux grandes étapes de la vie d'Inès sans jamais élever la voix encore moins la main, du moins elle ne s'en souvient pas. Quand il était en colère après quelqu'un, il répétait, toujours très tranquillement, sans haine apparente, sa devise personnelle : « Au jardin comme à la ville, pas de vin pour la vermine ». Cependant, le doute assaille Inès à présent. Quelle a été la vie privée de son grand-père ? Elle ne s'en est finalement jamais vraiment préoccupée, ne l'a jamais réellement questionné. Pourquoi ? Égoïstement ? C'est possible, elle en prend conscience en ce moment-même. Sans doute aussi de peur d'avoir à évoquer ses parents génétiques dont elle a brutalement ressenti l'absence à la préadolescence.

Retraité du ministère de la Culture d'Espagne, l'essentiel de sa carrière en poste en France comme attaché culturel aux consulats à Bayonne, puis à Pau et enfin à l'ambassade d'Espagne, à Paris, en 1987, lorsqu'il s'est agi de s'éloigner du Pays basque, une terre devenue maudite, Inès ne connaît en définitive de son grand-père que son parcours professionnel, du moins ce qu'il lui en a dit. Sa date et son lieu de naissance aussi. Le 21 février 1942 à Burgos, entre Madrid et Bilbao, le jour même du décès de Jean Rameau dont il découvrira l'œuvre à son arrivée au Pays basque nord sans jamais cesser de la louer par la suite et d'en proposer des traductions espagnoles. Rameau et plus généralement la littérature et la poésie dont il a toujours plus parlé à Inès que de lui-même. Inès qui a fini par s'enticher, à son tour, de cet auteur, apprenant par cœur, très jeune, ces vers qu'elle destine à ses parents les soirs de mélancolie :

Je retourne aux monts bleus où les âmes sont nettes,
Où les cerveaux sont clairs et les yeux transparents.
Je vais redemander aux tombes des parents
La douceur de vivre humble en des rythmes honnêtes.

À la faveur d'un vent de sud, le ciel est maintenant complètement dégagé. Pantxika frotte le dos d'Inès et lui caresse affectueusement les cheveux. Après s'être épongé les yeux, Inès sèche sa goutte au nez avec un mouchoir en papier.

– Après papa, mon grand-père. Ce serait trop pour moi, marmonne-t-elle.

– Que veux-tu dire ? interroge Pantxika.

Alors qu'elle se mouche pour de bon, c'est Amaia, la complice, la confidente, qui répond à la place de son amie.

– Elle veut dire qu'après lui avoir pris son père, elle ne supporterait pas qu'ETA lui vole son grand-père. Je la comprends.

– Comment ça, ETA aurait déjà pris ton père ?

– Un règlement de compte entre *etarras* comme vous les appelez, reprend doucement Inès.

– Je ne dis pas que ça n'existe pas, mais les règlements de compte entre *etarras* sont rares et ont les connaît. Or je n'ai jamais entendu parler d'un *etarra* du nom de Pozuelo, assassiné par ses camarades, explique Pantxika. C'était quand ? Qui t'a raconté ça ?

– C'est Papou. C'était en mai 1985. Et mon père s'appelait Accoceberry. Andoni Accoceberry.

– Andoni Accoceberry ? s'étrangle Pantxika. Tu es Inès, la fille d'Andoni et de Marie Accoceberry ?

– Bah oui… Inès, la fille d'Andoni et de Marie Accoceberry, c'est moi. Tu connaissais mes parents ?

– Mais… Pozuelo… ?

– C'est le nom de mon grand-père. Quand mes grands-parents m'ont adopté, ils ont fait changer mon nom à l'état civil. Ils sont ma seule famille et je suis aussi leur seul enfant maintenant.

– Inès, je connaissais très bien ta maman. C'était une amie. Je suis même allée à l'hôpital lorsque les complications de sa grossesse devenaient dangereuses pour elle et pour toi.

Ils ont pu te sauver mais pas elle… J'ai eu beaucoup de chagrin.

Cette énième révélation tire de nouvelles larmes à Inès. Pantxika reprend.

– Ton papa, Andoni, s'est très vite et très bien occupé de toi. Nous étions nombreux à lui proposer de l'aide mais il ne faisait appel à ses amis que lorsque c'était absolument nécessaire. Par exemple pour des réunions d'ETA. Oui, c'est vrai c'était un *etarra* et il voulait en faire beaucoup plus. Il était tout jeune, plein de fougue. Il fallait parfois un peu le tempérer. Mais… Mais il n'est pas mort dans un règlement de compte, Inès. Pas du tout. Ce sont les GAL qui l'ont tué dans un guet-apens. Deux autres sont morts aussi ce jour-là, un quatrième a failli y rester… Ton grand-père t'a menti.

Les yeux écarquillés, Inès hurle un « NON » fracassant et sort de la maison pour retourner chez elle en courant, montant directement dans sa chambre sans que sa grand-mère s'en rende compte. Elle se jette alors sur son lit, enfouit son visage dans son oreiller et répète à l'envi dans un son étouffé, « Tu mens, tu mens… Tu n'es qu'une sale *etarra* », à l'encontre de Pantxika.

8

1985, L'ÂGE D'OR DES GALEUX

Grâce à sa sirène stridente, le véhicule banalisé de la Garde civile mis à leur disposition peut remonter à vive allure et sans trop d'encombres le Paseo de la Castallena à Madrid. S'ils semblent pressés, les trois hommes à son bord n'ont l'air ni stressé ni tendu. Bien au contraire. Jesús Acedez, son bras droit Miguel Domingo et « Jean-Loup », le flic français, ne sont à la poursuite d'aucun malfaiteur, *a fortiori* d'aucun « terroriste d'ETA ». Ils viennent de quitter le stade Santiago Bernabéu où ils ont assisté au sacre du Real Madrid après la finale retour de la Coupe UEFA de football. C'est le premier trophée européen du club après dix-neuf ans de disette à ce niveau. Pourtant, en ce 22 mai 1985, lorsque le commissaire adjoint Acedez a lancé à l'issue de la rencontre, « Allez, on va continuer à fêter ça ; je vous emmène au *Cielo rojo*, ça vous plaira », ce n'est pas seulement ce succès qu'ils vont arroser.

Depuis l'opération ratée de décembre 1983, le GAL va beaucoup mieux. D'ailleurs, il a fait des petits et il convient donc désormais d'utiliser le pluriel. Les GAL donc, revendiquent déjà quinze morts et un peu plus encore d'attentats dans les rangs d'ETA mais pas uniquement. Quelques bavures sont parfois commises ce qui n'émeut guère leurs auteurs. Au contraire, « cela force les indépendantistes à se terrer un peu plus quand ce n'est pas à fuir. La peur a changé de camp », analysent-ils. Officiellement, toujours personne ne sait qui se cache derrière cette organisation. Pour combler ce vide informationnel et éviter que les fouineurs ne le remplissent eux-mêmes, le directeur de la Sécurité de l'État, en fin stratège et communicant, laisse filtrer une information selon laquelle ce serait un conglomérat de gros industriels et commerçants qui la financerait pour échapper à « l'impôt révolutionnaire » que réclame ETA. Une espèce de milice d'autodéfense qui arrange tout le monde. Dans un mois, l'Espagne va signer le Traité d'adhésion à la Communauté européenne et il est hors de question que l'existence des GAL de même que la pratique de la torture en prison viennent l'en empêcher. Parallèlement, le plan ZEN[20] du gouvernement espagnol, légal celui-là, voté à une large majorité depuis près de deux ans, commence à porter ses fruits. Tout en criminalisant les actions d'ETA, déniant tout caractère politique à ses revendications, il finance largement quantité de nouvelles associations basques à condition que celles-ci dénoncent l'indépendantisme dont l'idée même commence ainsi à refluer dans la population.

Au *Cielo rojo*, célèbre bordel de la rue de la Montera, entourés d'une demi-douzaine de prostituées, Acedez, Domingo et « Jean-Loup » font couler le champagne à flots et s'allument d'énormes *Cohiba* dans de grands éclats de rire. Deux jours auparavant, l'opération qu'ils ont planifiée a été un franc succès et même au-delà, un triomphe. Partis pour éliminer deux ou trois *etarras*, ils en ont finalement descendu quatre et récupéré un sac de sport rouge, bourré de détonateurs. Le lendemain, ils apprendront néanmoins qu'Iñaki Irazustabarrena, dit Martiko, membre du comité exécutif d'ETA, le dernier qu'ils s'attendaient à trouver au bout de leurs armes ce jour-là, a survécu à leur expédition punitive.

– Tiens, toi, lâche donc un peu ma queue et prends-nous en photo, ordonne tout en finesse Acedez à l'une des prostituées. Jean-Loup, viens avec nous.

20- *Zona especial norte* (Zone spéciale nord) est une série de procédures d'exception qui, donnant des moyens policiers supérieurs à ceux de la justice, instaure de fait un climat de guerre, un état d'urgence.

– Non, non, pas de photos tu sais bien, rétorque ce dernier plus prudent.

Quelques flashs crépitent à la sortie du Polaroïd.

9

Le guet-apens

Guéthary, avenue du Général-de-Gaulle, deux jours plus tôt. Un petit commando des GAL bien renseigné et particulièrement bien entraîné prend discrètement position derrière les arbustes du parking de la maison de retraite, juste en face de la mairie et du terrain de pelote. La vue est imprenable sur le fronton contre lequel la cible attend tranquillement des complices en tirant sur sa gauloise sans filtre. La cible ? Elle est de choix. Gorka Solozábal, dit « Bixintxo », est soupçonné d'être le chef artificier d'ETA. En ce début de lundi après-midi, la mairie est fermée, la rue est déserte, il serait facile à cet instant pour l'un des deux galeux en planque de s'approcher et de lui loger une ou deux balles dans la tête. Mais les consignes sont de patienter. « Bixintxo » a rendez-vous dans les secondes qui viennent, autant attendre que l'équipe soit au complet pour faire un carton.

Un premier homme s'approche et serre la main de Solozábal. Avec sa capuche sur la tête et ses lunettes de soleil, impossible de l'identifier à cette distance. Arbitrairement, de par sa tenue vestimentaire (il est accoutré d'un jean serré, d'un blouson de cuir et de baskets basses) et peut-être parce qu'il ne porte pas de barbe, les deux galeux l'évaluent jeune. Vingt ou vingt-deux ans. Moins de deux minutes plus tard, une Renault 12 blanche immatriculée dans les Pyrénées-Atlantiques s'arrête à leur hauteur. Le chauffeur en descend sans couper le moteur. Celui-ci non plus ne semble pas être très âgé. À peine plus que le premier. Solozábal qui s'est écarté un bref instant pour récupérer le sac de sport rouge qu'il conservait à l'abri des regards derrière le fronton se rapproche de nouveau des deux plus jeunes. Les trois sont rassemblés et ne font guère preuve de précaution. Cette fois, c'est le bon moment pour intervenir, jugent les galeux. Mais à l'instant de démarrer leur moto, ils entendent l'aîné du trio lancer un « allez on y va, il nous attend », qui claque comme un ordre. Une quatrième cible possible ? L'occasion est tentante.

– Qu'en penses-tu ? questionne l'un des deux à celui qui semble être son supérieur.

– Quatre d'un coup, c'est inespéré. On va les filer, on verra, répond l'autre.

– Tu es sûr? On peut aussi tout perdre. Tu ne devrais pas en référer à « Jean-Loup »?

– J'en prends la responsabilité. Allez! en selle, contente-toi de piloter.

La Suzuki GSX 750 commence alors sa filature, d'abord à faible allure et à distance raisonnable de la R12 puis de manière plus soutenue sitôt franchi le pont de chemin de fer de la ligne Bordeaux-Irun, lorsque la D810 devient rectiligne. Le pilote qui est aussi le plus large des deux galeux porte un blouson de cuir noir et blanc, un jeans bleu et des rangers, tandis que son acolyte, beaucoup plus fin, presque fluet, est entièrement vêtu de cuir noir, les bottes enfilées par-dessus la combinaison.

Environ une demi-heure plus tard, à Bayonne, la R12 dépasse quelques pêcheurs installés sur le pont Mayou et s'engage tout de suite à gauche, le long de la Nive, pour s'arrêter brièvement environ cent mètres plus loin. Solozábal et le « jeune à la capuche » descendent alors du véhicule et retraversent la rivière, à pied cette fois, par le pont Marengo tandis que le troisième homme poursuit sa route jusqu'au parking des Halles, moins de cinquante mètres plus loin, juste devant la cabine téléphonique. La moto des galeux le dépasse et se range à son tour. Devant les Halles, sans descendre de leur bolide, ils gardent un œil sur la R12 que le chauffeur n'a pas quittée et aperçoivent les deux autres pénétrer sous les arcades d'un bar sur la rive d'en face.

– On fait quoi maintenant ? interroge le pilote.

– On attend.

– Quoi ? Qu'ils repartent ?

– Hum... On risque d'en perdre un, répond l'autre après quelques instants. Allez, on bouge. On rejoint celui dans la bagnole. Dès que je serai à l'intérieur tu lui montres discrètement ton flingue et tu t'écartes un peu. Il ne faut pas que les autres nous voient mais lui, il faut qu'il comprenne que ce n'est pas son jour de chance et qu'il a intérêt à nous rencarder sur « Bixintxo » et les autres.

Casque sous le bras, le galeux tout de cuir vêtu entre à l'arrière de la R12, juste derrière le chauffeur en même temps qu'il sort son arme tandis que l'autre se poste à l'extérieur.

– Qu'est-ce que...

– Police, reste tranquille ! T'as un canon braqué sur tes reins et mon collègue dehors t'a aussi à l'œil. Tu le vois le baraqué, là, devant ? Bon, pour commencer, tu vas passer doucement, sans geste brusque, sur le siège d'à côté, conseille calmement l'intrus. Voilà... Très bien. Maintenant tu me sors tes papiers et tu me fais un topo.

– Qu'est-ce que vous voulez que je vous dise ? demande le jeune *etarra* pas plus impressionné que ça en présentant sa carte de séjour.

– Tout. Que fait Solozábal de l'autre côté ? Qui est celui qui vous accompagne ?

– L'autre est un ami à nous. Ils sont allés boire un verre.

– C'est ça, sans toi.

– J'ai pas soif.

– Te fous pas de ma gueule Aitor puisque c'est comme ça que tu t'appelles, à moins que tes papiers soient faux… J'suis pas d'humeur et j'ai pas le temps. Mets-toi à table, vite.

– Ben… j'ai pas faim non plus, ironise le jeune *etarra*.

Abrité au milieu d'autres voitures bien alignées et désertées par leur conducteur, le galeux, passablement irrité, jette un rapide coup d'œil sur sa droite et sur sa gauche, saisit son casque et l'envoie s'écraser violemment contre l'arcade sourcilière gauche de l'autre qui éclate instantanément, libérant un flux de sang impressionnant.

– Je vois que tu sais manier l'esprit, même en français, reprend celui de derrière tout en vissant de manière très ostentatoire un silencieux au bout de son canon. Mais vois-tu, je te répète que je n'ai pas le temps. De plus, tu n'es pas en position de poser des questions. Ici, c'est moi qui le fais.

– Vous êtes sûr que vous êtes de la police ? se méfie Aitor avec qui le galeux la joue paternaliste… virulent qui lui offre tout de même le linge en coton qui traînait sur la banquette arrière afin que sa victime stoppe l'hémorragie.

– Tiens, appuie fort. Maintenant, j't' écoute et garde ton humour pour d'autres circonstances. Crois-moi, celles-ci ne te valent pas grand-chose.

– Ça va, ça va, reprend Aitor. Je ne suis que le chauffeur de Solozábal et l'autre je ne l'avais jamais vu auparavant. C'est un nouveau. Ils ont rendez-vous avec quelqu'un dans ce bar pour lui remettre un sac.

Naturellement Aitor en sait beaucoup plus, mais il a compris qu'il avait sans doute affaire à pire que des flics français. Du moins, des flics réglos. Ceux-là lui ont tout l'air de rouler pour les GAL. Question d'instinct.

– Il y a quoi dans ce sac ? Avec qui ils ont rendez-vous ?

– Je ne sais pas avec qui. Et je crois qu'il y a des papiers importants dans le sac, mais je vous l'ai dit, moi je ne fais que conduire.

– Bon, si tu m'as baratiné, t'es mort. Comment récupères-tu tes copains ?

– Avant de sortir du bar, ils doivent m'appeler à cette cabine (il tend l'index vers l'extérieur) pour que je leur donne le feu vert et je les récupère sur le pont Pannecau.

– OK. On va attendre leur coup de fil ensemble. Ça va, tu ne saignes plus ? Alors mets tes mains dans le dos… Bon dis-moi, señor Aitor Ekiza, ta carte de séjour c'est pour quoi ?

– Réfugié politique…

– Ben voyons. Et elle est belle la vie ici ? questionne le galeux en verrouillant une paire de menottes aux poignets de sa nouvelle proie. Eh ben nous, on est là pour vous la rendre moins facile.

Quarante-cinq interminables minutes plus tard, le galeux baraqué s'approche, nerveux et impatient.

– On va poireauter encore combien de temps comme ça ? s'enquit-il. Qui te dit, qu'il ne nous a pas mené en bateau lui ?

– Mais non, il n'aurait pas fait ça. Hein, Aitor Ekiza ?

Quand soudain, *driiiing*…

– Tu vois qu'il ne nous a pas doublé. Ses petits copains l'appellent comme prévu. Va te remettre en place pendant qu'Aitor va leur répondre, comme prévu aussi.

Soulagé de ne plus être entravé, Aitor se frotte d'abord les poignets, assouplit ses épaules endolories et tâte son arcade sourcilière. Le sang s'est figé, formant une croûte encore frêle. « Dépêche-toi Aitor », suggère le galeux en tapant le silencieux de son arme contre la paume de sa main gauche. Ils sortent ensemble de la R12 et font les cinq ou six pas qui les séparent de la cabine téléphonique. Aitor décroche et jette dans le combiné un laconique « C'est bon, feu vert. Oui, oui… feu vert », avant de revenir à pas très lents vers le véhicule, tout en sueur et le souffle visiblement coupé.

– T'as pas l'air dans ton assiette Aitor, lui exprime sa nouvelle nounou quand l'autre galeux arrive en courant du bord de la Nive vers la moto.

– Ça sort, ça sort ! Ils partent avec le sac dans l'autre sens. Ils ont le feu au cul ! Une Golf beige… Il les a renseignés. Magne-toi ! lance-t-il à son supérieur.

– T'as pas fait ça Aitor ? Je suis très déçu. Très, très déçu… Tant pis.

Tchouk, tchouk… La double détonation étouffée fait beaucoup moins de bruit que le moteur de la Suzuki qui redémarre. Aitor s'effondre juste devant la R12. Du sang s'écoule aussitôt de la base arrière de son crâne et se répand sur la chaussée.

« Les voilà ! »

Les galeux n'ont pas mis longtemps à repérer la Golf en fuite qui tente de se frayer un passage à travers le flot de véhicules qui encombrent le quartier du Petit-Bayonne.

– Maintenant ? consulte le pilote.

– Non, c'est trop risqué. Ne les perds pas. On les butera à un endroit plus calme.

À Saint-Pierre-d'Irube, après la station-service, l'avenue du Labourd est déserte et les habitations rares. « Là, maintenant ! ». La Suzuki, plein gaz, remonte ses cinquante mètres de retard sur la Golf en moins de temps qu'il ne le faut à ses passagers pour s'en rendre compte. Le galeux de l'arrière avec un sang-froid et une minutie chirurgicale arrose alors le véhicule avec son pistolet CZ 75 automatique, toujours doté de son silencieux. Presque toutes les balles font mouche. La première touche « Bixintxo », installé à l'arrière, qui, sa propre arme en main, n'a eu le temps que de mettre en joue, sans pouvoir appuyer sur la détente. Histoire de stopper la Golf, c'est ensuite le conducteur, Iñaki Irazustabarrena, celui qu'ils ne s'attendaient pas à voir et qu'ils n'ont pas encore reconnu, qui est victime de la précision du voltigeur. Le véhicule s'écrase alors contre un platane. Ne reste plus que le dernier *etarra*, côté passager. Le galeux de l'arrière bondit de la moto pour contourner la Golf en courant. Mal en point après le choc contre l'arbre, « le jeune à la capuche » qui ne la porte d'ailleurs plus, redresse péniblement la tête et se retrouve face à son adversaire, doigt sur la détente… que celui-ci relâche soudainement, avant de baisser son arme.

« Qu'est-ce que tu fais ? hurle le pilote en relevant sa visière. Tue-le, faut y aller ! » Mais l'autre galeux paraît pétrifié, les deux bras ballants, face à sa proie offerte. « Capo ! Capo ! rugit de plus belle son coéquipier comme pour le tirer de ce coma dans lequel il semble avoir plongé. Capo, bordel, tue-le ! Maintenant ! » C'est au moment où le jeune reprend un peu plus ses esprits et saisit qu'il a une toute petite chance de s'en sortir si c'est lui qui tire dans la seconde qui vient, que le galeux qui lui fait face relève le bras d'un geste sec, l'ajuste et lui loge une balle en plein front.

– Putain, qu'est-ce que t'as foutu ? balance le pilote dont l'ultime coup de feu a fait redescendre un peu la tension.

– Ta gueule. Fonce, répond l'autre en enfourchant le bolide avec le sac de sport rouge récupéré à l'arrière de la voiture.

– T'as vu, je crois bien que celui qui conduisait, c'était Martiko, non ?

Dix minutes plus tard, les deux sont déjà loin quand les pompiers, le Samu et Police-secours arrivent sur les lieux. La Golf laisse échapper un panache gris-blanc de son avant enfoncé. À l'intérieur, c'est le carnage. Trois hommes baignent dans un lac de sang. Mais le conducteur pousse un léger gémissement. Martiko vit toujours.

10

Tout s'écroule autour d'Inès

Inès n'est finalement pas allée voter au référendum sur le Traité constitutionnel européen. Trop loin de son bureau de vote, chez elle, en banlieue parisienne ; trop loin, surtout, de ses préoccupations de l'instant. Tout juste a-t-elle noté que le « non » qui avait ses faveurs l'a nettement emporté, provoquant une petite onde de choc dans le pays. Même l'état de santé de son grand-père, stable mais toujours inconscient, lui cause moins de tracas que les révélations et les insinuations de Pantxika à son propos.

D'ailleurs, les jours qui suivirent celles-ci, Inès resta cloîtrée chez elle refusant toute visite, y compris celle d'Amaia, ne s'alimentant que modérément en compagnie de sa grand-mère qui ne risquait pas de l'inonder de questions embarrassantes sur les raisons de son mutisme qui, de toute façon, pouvait parfaitement s'expliquer par la situation de Casimiro.

Ce n'est qu'après trois jours de cette profonde léthargie qu'Inès se secoue enfin.

– Je n'ai malheureusement rien à vous apprendre de nouveau mademoiselle Pozuelo, semble regretter le commissaire Chaloyard à l'autre bout du fil.

– Mais enfin, depuis plus d'une semaine qu'on a tiré sur mon grand-père, vous n'avez toujours pas avancé ? s'emporte Inès.

– Je n'ai pas dit cela. Je ne peux pas vous donner plus d'informations, voilà tout. Laissez-nous faire notre travail mademoiselle...

– N'avons-nous pas droit à la vérité ? le coupe Inès, suscitant un blanc chez son interlocuteur qu'elle perçoit comme une gêne.

– Nous y travaillons, ne vous inquiétez pas, finit par reprendre Chaloyard.

Après une nuit de réflexion, peu satisfaite des réponses très évasives de Chaloyard, Inès se rend au commissariat de Bayonne bien décidée à en obtenir plus. D'ailleurs, pourquoi n'ai-je pas encore pris d'avocat, se demande-t-elle à cet instant. Quelle n'est pas sa surprise lorsqu'un jeune lieutenant, la trentaine très propre sur lui, costume sombre, coupe de cheveux impeccable, visage et traits lisses, l'informe que le commissaire Chaloyard ne travaille pas dans ce commissariat ni dans aucun autre d'ailleurs. « Ses bureaux sont à Pau et s'il lui arrive de venir à Bayonne, c'est à la sous-préfecture », explique le lieutenant Darmon avec un accent picard ou ch'ti, Inès n'a jamais su faire la différence. Sûrement un jeune diplômé qui vient d'obtenir sa première affectation, évalue-t-elle.

– Mais il m'a dit qu'il s'occupait de l'enquête, s'étonne Inès d'un ton doucereux.

– C'est lui, oui. C'est l'antiterrorisme qui est sur le coup. Et l'antiterrorisme ici, c'est lui. Quasi exclusivement.

– Il ne me dit rien. Tout à l'air si secret… Vous comprenez, ma grand-mère et moi sommes si inquiètes.

– Vous savez, ces affaires-là sont très compliquées. Il n'y est pas seulement question d'enquête judiciaire. La diplomatie, la politique sont aussi des paramètres qui entrent en compte.

S'apercevant que le jeune lieutenant laisse tomber ses yeux dans son décolleté, Inès imagine qu'elle a une petite carte de séduction à jouer avec lui.

– Mais vous, vous ne savez rien du tout ? minaude-t-elle astucieusement.

– Je peux juste vous dire qu'à la PJ, nous sommes surpris que votre grand-père ait été pris pour cible. Lui un galeux ? Même les anciens du commissariat ont du mal à y croire.

Mais bon, ça ne veut peut-être rien dire. En tout cas, rien ne l'étaye pour l'instant. En revanche…

– Oui ?

– Non rien… Je n'ai pas le droit de vous en parler, se reprend Darmon en raccompagnant Inès à la porte de son bureau.

Dans un soudain éclair de malice, voire de ruse, sans se démonter et bien que déçue par la révélation avortée du lieutenant, Inès lui propose de manière à peine voilée de prendre un verre avec lui un de ces soirs. Bien sûr, assoiffée de renseignements, elle espère à cette occasion lui tirer ces quelques informations qu'il semble connaître et c'est ainsi qu'elle autojustifie son audace. En même temps, elle se demande si le charme du flic ne l'a pas aussi un peu poussé à lancer inconsidérément cette invitation que l'intéressé s'empresse d'accepter pour le soir même. Instinctivement, peut-être pour se laisser le temps de mieux y réfléchir, Inès repousse immédiatement le rendez-vous de vingt-quatre heures prétextant ce qui lui passe par la tête, en l'occurrence s'occuper de sa grand-mère, mal en point depuis l'attentat contre son mari. Elle n'a rien trouvé de mieux.

Le lendemain, alors que les rues plongent lentement dans les premières ombres de la nuit, sans même avoir hésitée à changer d'avis, Inès retrouve le lieutenant Darmon dans un bar de la place Pasteur, au pied de la cathédrale, avec – comme il se doit – une bonne dizaine de minutes de retard. Elle a tout de même longuement réfléchi à sa tenue. Opter une nouvelle fois pour un décolleté pourrait avoir l'air d'une invitation à aller plus loin. En même temps, elle sait que sa poitrine est un atout. Mikel lui-même ne le lui avait-il pas fait remarquer dès leur deuxième rendez-vous ? Inès choisit donc un chemisier blanc qui ne laisse rien paraître mais beaucoup suggérer, y compris qu'elle ne porte pas de soutien-gorge même s'il faut aller chercher cette information confidentielle en guettant les écarts de revers de son gilet noir qu'elle a posé sur ses épaules. Un jean slim bleu avec empiècements aux genoux et des bottines plates – elle n'aime pas les talons – montant jusqu'aux chevilles complètent la tenue. Pour le reste, c'est-à-dire le visage, Inès n'a pas changé ses habitudes, une légère couche de rouge aux lèvres, ses longs cheveux noirs détachés, ondulant en liberté de chaque côté de ses épaules.

Darmon, malgré le léger retard, l'accueille d'un large sourire. Peut-être n'a-t-il pas fait d'effort vestimentaire particulier de son côté, toujours est-il que sa tenue, bien plus décontractée que son costume sombre et austère du commissariat, lui donne plus de charme encore. Inès lui répond d'un égal sourire qui arrondit ses pommettes et l'invite à quitter le comptoir sur lequel il s'est accoudé avec un gin tonic en l'attendant, pour rejoindre une table dans la pénombre.

Ils devisent pendant plusieurs minutes au cours desquelles Inès apprend par exemple que Darmon est bien un ch'ti, originaire de Nœux-les-Mines dans le Pas-de-Calais, récemment nommé au commissariat de Bayonne à sa demande, « parce que s'il y pleut presqu'aussi souvent que dans le Nord, il y fait beaucoup plus chaud ». À sa grande surprise, malgré son âge plus avancé – trente-huit ans – qu'elle ne se l'était imaginé, Inès se rend également compte que le charme du lieutenant produit quelque effet sur elle, notamment son sourire, et il lui semble que la réciproque est bien réelle. À moins que ce ne soient les effets de la bière ambrée qu'elle a imprudemment commandée pour l'accompagner – elle qui ne boit presque jamais d'alcool – qui viennent embrouiller sa perception de la rencontre. Néanmoins, le conseil d'Amaia quelques jours plus tôt (« Lâche-toi ! Profite ! ») lui revient en mémoire en un éclair mais, se ressaisissant instantanément, elle n'oublie surtout pas ce pourquoi elle l'a convié à ce rendez-vous vespéral. Profitant de la proposition du flic de s'appeler par leurs prénoms, elle écarte aussi discrètement qu'astucieusement un pan de son gilet laissant deviner le globe de son sein droit et se lance :

– Mathis, qu'est ce que vous ne pouviez pas me dire hier au commissariat, cette chose dont vous n'avez pas le droit de me parler ?

– Mais je n'en ai pas plus le droit ce soir, rétorque Darmon dont le mouvement de lèvres esquissé, mi sourire, mi rictus, traduit qu'il lui semble soudainement comprendre la raison de cet entretien.

De manière aussi inattendue que non feinte, à bout de nerfs, Inès fond en larmes en rajustant son gilet comme pour s'excuser de son pitoyable stratagème.

– Écoutez Inès, ça me gêne de vous en parler, je ne voudrais pas que vous vous mépreniez, reprend Mathis

Darmon finalement attendri par la réaction de la jeune fille désormais cachée derrière un mouchoir. Cela concerne votre ami ou votre compagnon, je ne sais pas...

– Qui ? Mikel ? renifle Inès.

– Mikel Ekiza, oui.

– Il lui est arrivé quelque chose à lui aussi ? interroge-t-elle toute tristesse subitement ravalée.

– Non, ce n'est pas ça. Vous... vous le connaissez bien ?

– Pourquoi cette question ?

– Vous savez où il se trouve ?

À cet instant, bien que le flic vienne de lui affirmer le contraire, Inès craint d'entendre encore de mauvaises nouvelles. Elle hésite, commande maintenant un café pour gagner quelques ridicules secondes. Qu'importe alors que ce breuvage perturbe la nuit qui s'annonce, de toute façon, elle s'imagine déjà qu'elle sera blanche.

– Il est en Argentine pour une histoire de famille, répond-elle.

– Et vous le connaissez depuis longtemps ?

– Depuis un an. Mais pourquoi me parler de lui et d'abord comment et pourquoi connaissez-vous son nom ? Vous le surveillez ? s'emporte un peu Inès en enserrant nerveusement dans ses mains la tasse de café qui vient d'arriver.

– On ne le surveille pas vraiment, c'est très technique, ce serait trop long à vous expliquer. Nous savons simplement qu'il s'est envolé pour le Venezuela le lendemain de l'attentat contre votre grand-père dont nous le soupç...

– D'abord, il s'est envolé la veille de l'attentat, pas le lendemain. Ensuite, il est à Buenos Aires, en Argentine, s'insurge Inès en essayant de se persuader que c'est elle qui a raison. J'ai vu son billet.

– Inès, je suis désolé, reprend très calmement Darmon. Il vous a sans doute montré un billet pour Buenos Aires mais la veille de l'attentat, il l'a changé au comptoir d'Air France à Mérignac contre un billet pour Caracas, Venezuela. Un pays qu'il connaît bien puisqu'il y a déjà séjourné jusqu'à fin 2003 après sa fuite d'Espagne un an et demi plus tôt.

– Vous êtes fou ! Je ne vous crois pas.

– Voilà pourquoi je ne voulais pas vous parler de ça. Je me doutais que cela vous ferait du mal. Pourtant, je vais être très direct avec vous maintenant. Je pense que vous avez le droit de savoir ça. La justice espagnole le soupçonne d'être un terroriste d'ETA, tout comme son père, mais n'a pas réclamé son extradition lorsqu'il est revenu en France, le considérant peut-être comme du second choix. Elle nous l'a néanmoins signalé, c'est pourquoi nous avons un œil sur lui. Il semblait réglo jusqu'ici. Reprise de ses études en fac de psycho à Bordeaux où il se montre assidu, pas de sortie du territoire jusqu'à il y a quelques jours, après…

… Après les tirs contre Casimiro, oui, Inès saisit l'allusion muette du flic. Hébétée, le souffle coupé, elle quitte brusquement la table sans plus de formalités et s'arrête un moment sur le trottoir, les yeux bouffis et rougis par le sel de ses larmes. Y aurait-il un complot contre moi, suis-je victime d'une énorme blague de très mauvais goût, s'interroge-t-elle sans y croire. Toujours est-il qu'en quelques jours, on vient de lui faire comprendre que son père était un *etarra*, que son grand-père aurait été un galeux, lui-même abattu par son petit ami. Vivrait-elle entourée de mensonges depuis son enfance ? De quoi devenir folle.

Au moment où Darmon s'apprête à la rejoindre sur le trottoir, elle libère un cri aigu intrigant les passants. Darmon s'approche, lui pose une main sur l'épaule et lui répète un « Je suis désolé » auquel elle rétorque un sec « Foutez-moi la paix », avant de s'enfuir en courant jusqu'à disparaître de sa vue en s'engouffrant dans la rue de la Monnaie.

Avant de rejoindre sa voiture sur les allées Paulmy, Inès vagabonde de longues minutes, l'air vaguement hagard. Tentant de faire le vide dans son esprit, elle laisse errer son regard sur les vitrines illuminées des magasins clos du quartier piétonnier. De retour à Bassussarry, elle aperçoit de la lumière dans la chambre d'Amaia. Un profond sentiment de culpabilité l'envahit soudain. « Ma sœurette, tu peux venir, j'ai besoin de toi. Je suis dans ma chambre. Je t'm ». Sans même répondre au texto qu'Inès vient de lui envoyer, Amaia débarque dans l'antre de son amie, sa *sœurette*, via le jardin, en moins de temps qu'il ne faut à celle-ci pour terminer d'enfiler son pyjama. Enlacées très fort l'une à l'autre, elles pleurent à chaudes larmes tout en riant.

Le lendemain matin c'est Inès, en l'informant des hypothèses avancées par le lieutenant Darmon, qui lance son amie sur le sujet qu'aucune des deux n'avait voulu aborder jusqu'ici – elles avaient préféré passer une partie de la nuit à se remémorer leur enfance ou leur adolescence en ricanant stupidement, réveillant la grand-mère d'Inès à deux reprises. Mais cela leur avait fait un bien fou.

– Je ne sais pas quoi te dire, balbutie Amaia un peu stupéfaite, elle aussi. Je crois que tu devrais vraiment aller voir cette personne que t'as indiquée ma mère. Si tu veux, je t'accompagnerai.

– Quelle personne ? s'étonne Inès.

– Eh bien dans le petit mot de la part de ma mère que je t'ai apporté l'autre jour. Je l'ai donné à ta grand-mère puisque tu me faisais la gueule. Tu ne l'as pas lu ?

– Mais non, elle ne m'a rien donné. Tu sais, elle est quand même très perturbée par toute cette histoire. Je la comprends. Alors quelle personne je devrais voir ?

– Je ne sais pas. Tu veux qu'on aille le demander à ma mère…

– Demande le lui, toi. Je…

– Tu ne veux pas la voir, c'est ça ? Tu sais, j'ignore si elle a raison ou tort mais je sais qu'elle ne voulait pas te faire de mal lorsqu'elle t'a dit… tout ça, quoi. Bon, je vais le lui demander !

Durant la courte absence d'Amaia, Inès descend s'enquérir de ce petit mot auprès de sa grand-mère, mais Jocelyne Delors-Pozuelo lui fait comprendre qu'elle ne voit pas de quoi elle parle alors qu'Amaia revient déjà avec les renseignements. Pantxika propose à Inès de contacter un dénommé Aritz qui, assure-t-elle, « lui en dira plus sur son père ».

L'homme en question, averti par Pantxika de l'appel imminent d'Inès, accepte de recevoir la jeune fille à son domicile d'Itxassou, à une vingtaine de minutes de Bassussarry. Sous les cerisiers de son jardin, dont le poids des fruits non cueillis fait plier les branches, pendant près d'une heure trente, Inès va en apprendre plus sur son père qu'en toute une vie par ses grands-parents. Aritz Larranaga connaissait bien Andoni Accoceberry, c'était un peu son protégé à la section judo de l'Aviron bayonnais, club dans lequel Larranaga était dirigeant bénévole jusqu'à l'année dernière.

« Ton papa était un bon petit, tu sais, lance-t-il à Inès en l'invitant à le suivre. Je l'ai connu lorsqu'il est arrivé vers 7-8 ans à la section judo parce qu'il craignait d'être trop petit pour le rugby. Mais il aimait la castagne. Il a fallu lui expliquer que le judo, comme le rugby d'ailleurs, n'est pas un sport de castagne, qu'il y a des règles à respecter. Combien de fois je l'ai repris et puni à ne pas le faire. Et puis il a eu un déclic, il a tout assimilé, s'est canalisé et il est devenu l'un de nos meilleurs espoirs mais, malheureusement pour nous, il a rencontré ta maman et tu es très vite née derrière ».

Attablée avec Amaia autour de jus de fruits maison, Inès fait face à son interlocuteur et l'écoute quasi religieusement, tantôt esquissant un sourire, tantôt essuyant une larme. D'une voix grave et puissante, Larranaga parle bien. Grand et massif, sans aucun embonpoint, son âge ne semble avoir aucune emprise sur son physique. On devine en lui l'ancien sportif qui continue de s'entretenir. Seules quelques ridules et une tignasse bien entretenue aussi longue que gris argent, trahissent ses soixante-sept ans. Moulé dans son t-shirt blanc frappé de l'ikurrina (le drapeau basque) à hauteur du cœur, il ne tarit pas d'éloges sur « le petit Andoni ». Vient le moment d'évoquer le jour de sa mort, le 20 mai 1985. Aritz Larranaga ravive un vieux mégot et reprend.

– À l'époque je tenais un bar, *l'Aiete*, quai Galupérie à Bayonne. Andoni savait que je fréquentais un peu les milieux d'ETA. Notez bien les filles que je n'en ai jamais été membre mais je donnais des coups de main pour trouver des planques à ses militants ou leur arranger des rendez-vous dans mon bar. C'est ce que j'ai fait ce jour-là. J'avais mis Andoni en contact avec l'un d'eux, Bixintxo. Il voulait tellement se battre... Solozábal, enfin Bixintxo, a approuvé l'intégration d'Andoni à un commando d'ETA mais il fallait encore l'accord d'un membre du comité exécutif de l'organisation. La rencontre entre les trois a eu lieu dans mon bar. Je revois Andoni arriver avec sa capuche sur la tête, portant le sac rouge de Bixintxo sur l'épaule. Au bout de trois bons quarts d'heure, j'ai tout de suite compris à son sourire, qu'Andoni venait d'être adoubé. Puis Bixintxo s'est levé pour téléphoner à celui qui les véhiculait – je ne sais pas qui c'était – afin de savoir s'ils pouvaient retraverser la Nive et rejoindre leur voiture. À peine quelques secondes plus tard, il revenait en trombe pour souffler énergiquement à ses camarades « *Vite, on dégage. Les flics ou les GAL sont là* ».

Ils sont partis avec la voiture de l'autre, et après... Enfin, pour le reste vous en savez autant que moi.

– Justement non, murmure Amaia en raclant sa gorge pour tenter d'y déloger le chat qui s'y est installé. Inès n'a jamais rien su de la mort de son père, du moins, elle avait une autre version.

Toujours aux côtés de son amie, Inès semble interdite mais elle ne pleure pas. Au contraire elle donne l'impression de dégager une force de caractère, celle-là même qui habitait son père. « Au jardin comme à la ville, pas de vin pour la vermine ». Elle n'est pas loin de faire sienne la devise de son grand-père.

– Il n'y a pas d'autre version que celle-ci, s'offusque Larranaga. Ils ont été rattrapés à Saint-Pierre-d'Irube et abattus comme des chiens. On a vite su que c'était un coup des GAL.

– Comment en êtes-vous si sûr? intervient Inès, qui se méfie des vérités trop faciles, trop vite énoncées.

– Mais parce que c'est Martiko lui-même qui me l'a raconté. Il est le seul à avoir survécu. Si vous voulez plus de détails, je peux peut-être vous mettre en contact avec lui.

– Martiko? questionne Inès en ouvrant plus grand ses yeux.

– Oui, Martiko, Iñaki Irazustabarrena si tu préfères, l'homme qui était avec ton papa et Bixintxo. Il a été gravement touché mais il s'en est tiré et l'organisation l'a exfiltré pour l'envoyer au Mexique se refaire une santé. Il n'est jamais revenu. Aujourd'hui, il n'est plus membre du comité exécutif d'ETA, c'est un simple militant en exil. Et puis, il est en désaccord avec la politique menée par la nouvelle génération de l'organisation, tout comme moi d'ailleurs entre parenthèses. Mais il y est encore influent. J'ai des contacts réguliers avec lui, ça vous intéresse ?

Inès et Amaia se concertent furtivement du regard, chacune cherchant dans les yeux de l'autre les bonnes raisons d'accepter cette proposition. Lorsqu'Aritz Larranaga ajoute « il vit aujourd'hui au Venezuela », une étincelle jaillit de ceux d'Inès. Le Venezuela, pays où se trouverait également Mikel selon le lieutenant Darmon.

11

Un coffre, des munitions...

Début juillet 2005. La saison touristique démarre doucement. Dans une semaine le flot de vacanciers sera beaucoup plus soutenu. Si Inès avait envisagé quelques mois plus tôt de travailler dans un restaurant ou une quelconque boutique cet été à Biarritz ou à Bidart, l'idée est aujourd'hui tombée aux oubliettes. En regardant ses maillots de bain et ses robes de plage dans le placard de sa chambre, elle craint même de n'en avoir aucune utilité cette année.

Elle fourre quelques sous-vêtements, un jean et trois t-shirts, plus son nécessaire de toilette dans un petit sac de voyage dont elle remonte nerveusement la fermeture à glissière, bien décidée à rentrer dans sa banlieue à la recherche de… De quoi au juste ? Pour l'instant, elle n'en sait rien. Tout et n'importe quoi, n'importe quel indice qui avaliserait, ne serait-ce qu'en partie, les dires de Pantxika, ceux d'Aritz Larranaga voire du lieutenant Darmon. Comment se peut-il que toutes ces personnes semblent mieux connaître son grand-père, son père et son petit ami qu'elle-même ? Tout cela la tourmente.

« Papou a ouvert les yeux ». Le texto de Jocelyne Delors-Pozuelo à sa petite-fille se veut enjoué et rassurant. Enfin une bonne nouvelle. Sur le coup, Inès n'en revient pas de ne pas le ressentir comme tel avant de se ressaisir aussitôt après, les images de son enfance remontant à la rescousse en un éclair pour lui rappeler ses souvenirs avec lui. À l'hôpital Pellegrin où elle retrouve sa grand-mère, revenue passer quelques jours à Bordeaux, Inès prend la main de Casimiro endormi, l'air paisible. Tellement paisible. Décidément, il ne colle pas avec l'image que d'autres semblent prêts à lui plaquer, médite-t-elle.

Le soir venu, avant de retrouver sa grand-mère qu'elle a invité à dîner dans le petit appartement de Mikel à Talence, Inès songe à son compagnon qu'elle n'a pas joint depuis (trop) longtemps. Au moment des allusions de Darmon, elle s'était empressée d'essayer de le contacter mais Mikel était encore aux abonnés absents, alors elle avait décrété qu'elle ne le ferait plus. Après tout, peut-être qu'il « en profite », comme l'a pronostiqué Amaia, alors elle ne voit pas pourquoi elle devrait lui témoigner de l'affection, de l'intérêt pour ses « problèmes personnels » qu'il est allé régler « en Argentine » puisqu'il ne semble pas en avoir besoin, pas plus qu'il n'a envie de prendre de nouvelles d'elle.

Tout en décortiquant quelques gambas pour le repas, Inès se sent envahie par le doute et même par un soupçon généralisé concernant Mikel cette fois-ci. Bien sûr, elle n'ignore pas qu'il a de la sympathie pour la cause indépendantiste basque, il ne s'en est jamais caché. De là à appartenir à ETA, « tout comme son père », a précisé le lieutenant Darmon ? D'ailleurs, rien dans cet appartement ne permet de l'affirmer. Il n'y a là que l'Ikurrina pour rappeler ses racines. Mais si c'était vrai, s'il avait vraiment tiré sur son grand-père au nom de cette cause, l'aurait-il alors séduite uniquement dans le but d'approcher Casimiro ? Il lui revient en mémoire le jour où elle le présenta à ses grands-parents. « Voici Mikel. Il est Basque et pourtant c'est à Cergy que je l'ai rencontré. C'est drôle non ? », avait-elle lancé toute à sa joie. Mais était-ce vraiment un hasard ? Elle ne se souvient plus des mots exacts des uns et des autres mais l'expression des visages lui revient subitement. Casimiro avait adressé un grand sourire à Mikel en guise de bienvenue, tandis que Jocelyne s'était montrée un peu distante, peut-être méfiante. Et inversement, Mikel avait semblé beaucoup moins froid avec Nanou qu'avec son grand-père. Inès n'avait plus pensé à tout ça jusqu'à aujourd'hui. Elle avait mis toutes ces réactions sur le compte de timidité réciproque pour les unes, d'affabilité naturelle pour les autres. Et si tout ça n'avait finalement pas traduit le réel état d'esprit de Mikel qui percevait déjà en Casimiro une future cible ?

Préparant maintenant une mayonnaise pour accompagner les gambas, Inès tente de chasser ses terribles doutes de son esprit. Mais d'autres surgissent aussitôt. Mikel ne l'a-t-il pas fréquemment questionnée à propos de Casimiro, bien avant de faire sa connaissance ? Et cette fille avec qui il correspond régulièrement, qui est-elle vraiment ? Mikel serait-il parti en Amérique du sud, Argentine ou Venezuela, qu'importe, avec cette Alona (Inès a bien enregistré ce prénom proche de celui de son amie Amaia) ? Pourquoi toujours communiquer avec elle en basque ? Ont-ils des choses en commun qu'elle ne doit pas connaître ? Si oui, lesquelles ? À ses interrogations, Mikel lui a toujours affirmé que c'était ainsi, « entre nationalistes basques, on parle l'*euskara* », qu'elle n'avait « aucune crainte à avoir, Alona est une amie », ajoutant « Un jour je te la présenterai ». Inès avait été rassurée, mais aujourd'hui elle pose un regard nouveau sur ces vieux épisodes. Le regard de la suspicion.

Recroquevillée dans le vieux fauteuil de récup' au cuir craquelant coincé entre la desserte de la kitchenette et la fenêtre du séjour, le visage reposant sur ses genoux ramenés sur la poitrine, Inès médite. Encore et toujours. Puis, faisant fi de sa décision, elle se connecte à son compte

Skype. Ô surprise! Non seulement Mikel l'est également mais cela fait deux jours qu'il essaye de la joindre.

– Eh bien, pourquoi n'étais-tu pas en ligne hier et avant-hier? commence-t-il anxieusement.

– Des choses à faire, des gens à voir, répond Inès très froidement bien qu'heureuse au fond d'elle-même d'entendre celui qu'elle aime malgré ses doutes.

– Comment vas-tu? Je te sens bougonne…

– Non pas du tout. Tu ne me demandes pas comment va mon grand-père?

– Si, bien sûr.

– Il va beaucoup mieux, il a même ouvert les yeux aujourd'hui.

– Bon, c'est une bonne nouvelle, rétorque Mikel sans enthousiasme apparent.

– Ça n'a pas l'air de te faire plaisir.

– Mais si, pourquoi dis-tu ça?

– Mikel, où es-tu? change brusquement Inès.

– Comment ça où je suis? En Argentine, tu sais bien.

– Tu en es bien certain?

Le silence de Mikel semble durer une éternité. Un instant décontenancé et constatant qu'Inès a vraisemblablement découvert quelque chose le concernant, celui-ci se ressaisit.

– Bon, c'est vrai je n'y suis pas, mais…

– Où es-tu? Pourquoi ne m'avoir rien dit? Es-tu seul? Est-ce que je compte un minimum pour toi? le bombarde Inès sans lui laisser le temps de répondre entre chacune de ses interrogations.

– Bien sûr que je suis seul, reprend-il d'un ton à la fois surpris et assuré. Mais je ne peux pas te dire où pour l'instant, c'est mieux, même pour toi.

– Qui es-tu Mikel ? coupe de nouveau Inès qui semble finalement se désintéresser totalement de ses autres questions pour ne donner d'importance qu'à celle-ci, plus énigmatique.

– Inès, je pense à toi tous les jours. Je te raconterai tout bientôt, affirme Mikel sans hésitation mais un peu penaud.

Sur cette réponse dans laquelle elle croit déceler une rassurante sincérité, Inès se déconnecte instantanément de Skype sans plus mot dire, quitte à plonger Mikel dans la perplexité – juste retour des choses, pense-t-elle – pour éviter d'avoir à lui montrer ses larmes qui montent, troublent sa vision de l'écran puis débordent maintenant.

C'est environ quarante-cinq minutes et un demi-paquet de mouchoirs épuisé plus tard que Jocelyne Delors-Pozuelo se présente pour la première fois à l'entrée de cet appartement inconnu pour y dîner avec sa petite-fille. Comme celle-ci est accoudée à la fenêtre à la recherche d'un illusoire air un peu plus frais qu'à l'intérieur, tant la chaleur a été suffocante aujourd'hui, elle n'entend pas immédiatement la vieille sonnette tinter timidement. Lorsqu'elle ouvre enfin la porte, le sourire d'Inès contraste avec celui de sa grand-mère. Quand celui de la jeune fille est retenu, un peu triste, forcé, celui de son aïeule est beaucoup plus radieux. Les nouvelles de Casimiro sont toujours plus rassurantes, mais les deux femmes n'ont pas le même souci immédiat le concernant.

Avec le temps, Inès a appris à communiquer avec sa grand-mère, à traduire son langage particulier, très haché, dont seules les syllabes semblent ressortir distinctement. Mais lorsque la discussion s'envenime, elle tourne vite à l'embrouillamini langagier et à l'agitation physique, qui n'est rien moins qu'une autre forme de langage. C'est en buvant le seul apéro disponible dans l'appartement de Mikel, une sangria industrielle, qu'Inès lance ce qui devient rapidement les hostilités. Elle questionne son invitée sur le passé de son grand-père mais sans trop en dévoiler (« Que pensait-il de Franco ? », « Quel est son avis sur la question basque ? », etc.), ce qui a d'abord le don de surprendre Jocelyne puis de la crisper lorsqu'Inès lui demande pourquoi elle ne lui a pas donné le petit mot que Pantxika lui avait remis pour elle quelques jours plus tôt. Jocelyne ne comprend pas les allusions de sa petite-fille ou, au contraire, elle a trop peur de bien les saisir. Croirait-elle à ces accusations de « galeux » proférées à l'encontre de son mari ? De son côté, Inès traduit de plus en plus vertement son impression de vivre dans un mensonge permanent depuis sa naissance quand elle évoque enfin la mort de son père « pas du tout comme vous me l'avez racontée Papou et toi », tranche-t-elle. Ce à quoi Jocelyne rétorque par écrit sur un coin de vieux magazine et après quelques secondes de réflexion dans un silence très pesant : « Tout ce que nous avons fait l'a toujours été pour toi, pour te protéger ».

Touchée, Inès se lève alors et prend sa grand-mère dans ses bras, lui demandant pardon.

« Je vais rentrer un peu à la maison, Nanou. Je prends le train demain. J'ai bien fermé tous les volets d'*Ortzadarra*, tu n'es pas obligée d'y retourner tout de suite si tu veux rester encore avec Papou », annonce Inès après avoir dégusté dans une atmosphère enfin apaisée les gambas/mayo qui, après avoir failli tourner au vinaigre, se sont révélées exquises au grand étonnement de Jocelyne qui ne connaissait pas ce talent à sa petite-fille.

De retour dans le Val-d'Oise, à l'approche du domicile familial, Inès croit souffrir subitement d'hallucinations. Cet homme qu'elle vient de croiser, s'éloignant dans un véhicule sombre, ne serait-ce pas le commissaire Chaloyard ? s'interroge-t-elle. S'il voulait la voir ou sa grand-mère, il était plus simple de le faire à Bordeaux ou Bayonne et surtout de téléphoner au préalable. Non, ce n'est pas lui, se rend-elle à l'évidence. Tout de même, cette tache rouge, celle-là même qu'elle avait remarquée devant l'ascenseur dans cet hôtel de Bordeaux quelques jours plus tôt, en haut du bras gauche qui repose sur la portière du véhicule, quelle drôle de coïncidence.

Promenant son chien dans la rue, une vieille femme apprêtée aux couleurs du deuil, hèle du trottoir d'en face.

– Inès ! Inès !

– (Oh non, pas elle… Je sens qu'elle va me gonfler, pense Inès) Oui, bonjour madame Beaudet.

– Tu reviens déjà de vacances ? Comment vont tes grands-parents ? Tu as raté de peu le monsieur qui est venu chez vous.

– Le monsieur ? Quel monsieur ? s'étonne Inès.

– Eh bien, un monsieur charmant. Je ne l'avais jamais vu dans le quartier avant. Tu ne l'as pas croisée, tu es sûre ? Il était là, il n'y a pas deux minutes et comme il est reparti en direction de la gare d'où tu viens… Sa présence dans votre cour m'a intriguée alors je me suis approchée, je l'ai salué et il m'a répondu venir de la part de tes grands-parents, qu'il ne fallait pas que je m'inquiète. Note bien que je ne surveillais pas la maison, hein. Et je ne me suis pas inquiétée non plus. D'abord, Kitty n'arrêtait pas d'aboyer – ah celle-là, quelle coquine, hein, tu la connais quand elle croise un étranger. Je t'ai dit qu'elle avait encore mordu le nouveau facteur noir ?

– Madame Beaudet, le monsieur…

– Ah oui, qu'est-ce que je disais ?

– Que vous ne vous êtes pas inquiétée pourtant vous ne le connaissiez pas…

– C'est ça. Oui, il avait la clé de chez vous, alors…

Se peut-il que la vieille débloque ou bien qu'elle se fasse son épisode personnel de Navarro ? se demande Inès en fouillant dans son sac à la recherche de son trousseau.

– Et comment était-il ce charmant monsieur ? questionne la jeune fille à tout hasard.

– Oh, un bien bel homme ma foi. Il m'a rappelé un peu mon Georges. Tu ne l'as pas beaucoup connu, tu étais trop petite quand il est parti. Pourtant, il t'aimait bien, tu sais. Quand nous te croisions avec ton grand-père dans la rue, il…

– Madame Beaudet, comment était-il habillé ? Avait-il un signe distinctif ? Grand, gros, chauve ?

– Mon Georges ? Oh non pas du tout ! Il…

– Pas votre Georges, madame Beaudet. Le monsieur qui est venu ici ?

– Ouh, suis-je bête. Ah c'est pas beau de vieillir… Non, il n'était pas chauve. Des cheveux gris, bien coiffés. Il avait un sac à dos noir et portait un tricot sans manches. Je sais bien qu'il fait chaud, mais je ne trouve pas ça très élégant, m'enfin. Ah oui, du coup j'ai vu qu'il avait une grosse tache rouge en haut du bras, sa seule fausse note physique.

Chaloyard ? imagine instantanément Inès.

– Avez-vous également remarqué une grosse bague ou quelque chose comme ça ? se hasarde-t-elle encore.

– Ah oui, une grosse chevalière au petit doigt. Ça lui donnait un petit air viril. Oh, si mon Georges m'entendait. Je t'ai dit aussi que Kitty attendait encore des petits, à son âge, tu te rends compte…

Chaloyard ! Plus de doute possible ! C'est donc bien lui qu'Inès a croisé entre la gare RER et la maison. Mais que diable est-il venu faire ici ? Quelle clé possédait-il donc ? Sûrement une espèce de passe que les flics doivent avoir sur eux pour entrer où bon leur semble ni vus, ni connus.

Comme si Inès n'avait pas assez de doutes pour encombrer ses pensées, voilà qu'un nouveau s'invite dans l'hémisphère gauche de son cerveau.

À l'intérieur de la maison, tout semble cependant parfaitement en place. De toute façon, d'après la vieille, Chaloyard n'est resté que quelques minutes. Il ne peut pas avoir tout retourné en aussi peu de temps. Mais alors, peut-être est-il venu récupérer quelque chose de précis dont il connaissait l'emplacement à l'avance ? Oui, mais quoi ? Comment le savoir ? Après un rapide coup d'œil autour d'elle, Inès déduit qu'il est vain de chercher une chose à laquelle elle est incapable d'accoler un nom, une définition, un contour, une forme…

Une autre interrogation la tarabuste cependant. Pour une perquisition, les flics ne sont ils pas plusieurs en principe ? Ne doivent-ils pas présenter une commission rogatoire aux locataires ou propriétaires des lieux, eux-mêmes présents sur place ? Elle n'est pas du tout fan des séries policières, mais il le lui semble bien.

Épuisée par une succession de nuits pauvres en sommeil, elle finit par s'effondrer dans son grand lit et s'endormir sans cauchemars ni tourments. Enfin ! Même la chaleur, également de retour en Ile-de-France, ne semble pas l'accabler.

Un peu plus d'un tour complet de cadran plus tard, au-dessus de son bol de céréales, le cerveau ne tarde pas à se remettre en branle. Inès hésite. Faut-il parler de cette intrusion de Chaloyard à sa grand-mère ? Après quelques instants de réflexion, sa décision est négative. Inutile de la perturber en ce moment. Cette longue et bonne nuit l'a en tout cas rassérénée. Elle se sent de nouveau d'attaque, décidée à ne plus subir les événements mais au contraire à aller au-devant de la vérité sur son grand-père. Si tant est qu'elle trouve la bonne direction. Alors elle commence à fouiller chaque pièce de la maison où elle vit depuis si longtemps avec la désagréable impression d'y être pourtant une étrangère. Méthodiquement, elle ouvre tous les placards, palpe les parois, tâte les parquets à la recherche d'un bruit creux, regarde sous les lits, les sommiers, entre les piles de draps, de livres. Rien ne lui échappe. C'est ce qu'elle s'imagine et cependant après plusieurs heures de fouille, elle n'a mis la main sur rien de suspect. Où chercher? Que chercher? Ces questions reviennent la perturber quand l'atelier de peinture de sa grand-mère rejaillit à son esprit. Elle l'a bien inspecté il y a une heure ou deux mais ce n'est que maintenant qu'elle se rend compte que quelque chose cloche. La dernière toile, inachevée et mise de côté par sa grand-mère faute d'imagination momentanée, se trouve derrière une autre, complètement terminée celle-ci. Bien sûr, cela n'a rien de suspect en soi mais cet ordonnancement anarchique l'étonne. Ce n'est pas le genre de Jocelyne. Inès entreprend alors de déplacer toutes les toiles de la zone – et la poussière qui va avec – et finit par y découvrir un petit coffre-fort encastré dans le mur. Verrouillé, celui-ci n'apporte pas plus d'informations que ça. Toutefois, son existence même est une bien étrange découverte pour Inès. Et une surprise. Car enfin, eut-il été installé par ses grands-parents pour y cacher des économies qu'il aurait été concevable qu'ils l'en avertissent. Inès est dans ses songes et n'ose même pas tenter d'entrer une combinaison sur le clavier du coffre de crainte d'y laisser une trace, surtout en cas d'échec probable. En baissant ses yeux vers le sol, surgissant de derrière une autre toile qu'elle n'a pas déplacée, une forme brillante et dorée, en partie dissimulée, l'intrigue à son tour. Saisissant l'objet, Inès croit défaillir. Une cartouche ! Elle vient de mettre la main sur une cartouche. Puis, déplaçant nerveusement la toile qui la masquait, une deuxième apparaît quelques centimètres plus loin. Chaloyard les a-t-il également découvertes ? Des images, nombreuses et confuses se bousculent alors ; elle sent même pour la première fois une forme de colère la gagner. Son grand-père un tueur ? Le tueur de son propre père ? Ce qu'elle refusait jusqu'ici de seulement envisager prend soudain corps. De rage, elle rejette tout par terre.

Et si la compréhension de toute cette histoire résidait à sa source ? Le survivant de la tuerie de Saint-Pierre-d'Irube, voici vingt ans tout juste, en saurait-il plus ?

Iñaki Irazustabarrena. Martiko. Ce nom lui cogne dans la tête depuis que Larranaga, l'homme qui lui a fait découvrir son père sous un tout nouveau jour, son vrai jour, lui a dévoilé, à l'ombre de ses cerisiers d'Itxassou, qu'Irazustabarrena était le dernier à l'avoir vu vivant. Et plus encore quand il a ajouté que cet homme résidait aujourd'hui au Venezuela, peut-être comme Mikel, dont elle sait qu'il n'est en tout cas pas en Argentine. « Je peux te mettre en contact avec lui », a proposé Larranaga. Chiche ! se convainc désormais Inès. La nécessité d'une telle rencontre n'a en tout cas jamais eu autant d'acuité qu'à présent.

12

Chaloyard à la manœuvre

Au troisième jour de sa garde à vue, le 14 juillet, le commissaire Chaloyard se rend dans la cellule d'Iker Redondo. « Laisse-nous gamin », ordonne-t-il au brigadier qui lui a ouvert la porte vitrée de la cellule. Bien qu'étonné – la procédure n'est pas celle qu'on lui a enseigné à l'école de police – le jeune planton s'exécute. On ne discute pas un ordre du chef de l'antiterrorisme pour toute la région.

Arrêté le 12 en fin d'après-midi sur ordre du parquet de Paris à sa descente du train en gare de Morcenx dans les Landes, où sa planque avait été repérée depuis une semaine,

Redondo n'a opposé aucune résistance tandis que l'équipe du RAID le couchait au sol devant une poignée de voyageurs ébahis. Il n'a même pas posé de question, pas ouvert la bouche excepté pour lancer un puissant « Gora ETA[21] » en direction de la foule qui commençait à s'agglutiner, lorsqu'il fut jeté dans un fourgon blindé banalisé, direction son point de départ, Bayonne. Considéré comme le chef logistique d'ETA en France, Redondo se savait en sursis depuis un moment. Son déménagement de Bidarray, sa précédente planque, pour Morcenx, *a priori* moins exposé, n'a fait que retarder son interpellation.

– Bon, puisque tu es Français, ça va nous faciliter les choses, commence Chaloyard en s'allumant une cigarette, le mépris vibrant dans sa voix. Tu fumes ?

– D'abord, je suis Basque et non, je ne fume pas. Je me maintiens en forme au cas où, répond Redondo.

– Redondo, ça sonne pas tellement basque comme nom, ni français. C'est plutôt espagnol non ?

– Peut-être que je suis infiltré par la *Guardia Civil*, allez savoir.

– T'es un marrant toi. On va voir si tu gardes ton sens de l'humour longtemps. Mais bon, Basque si tu veux... Je ne vais pas te retirer ça. Ce qui m'arrange, c'est que nous n'ayons pas besoin d'intermédiaire pour discuter. Je sais que tu vas parfaitement me comprendre... Sache qu'à titre personnel je n'ai absolument rien contre vous ni même

21- « Vive ETA ».

contre votre cause, mais je ne comprends pas non plus cette envie à tout prix, y compris celui du sang, de vouloir être indépendants.

– Ça nous regarde, non ?

– Les mecs, vous tuez quand même…

– Monsieur l'agent, ironise Redondo, que disait votre pays il y a dix ou quinze ans des envies d'indépendance des républiques de l'ex-URSS ou de l'ex-Yougoslavie ?

– Je t'écoute…

– Non seulement il laissait faire, mais il les encourageait. Qui décide que tel ou tel a le droit à son indépendance ? Les grandes puissances ou les peuples concernés ?

– Tu sais moi, je ne fais pas de politique…, botte en touche Chaloyard. Bon, revenons à nos moutons. On peut dire que tu nous auras fait courir toi.

– Vous attendez que je m'en excuse ?

– Non, simple constatation. Tu sais que tu es dans de sales draps. Trouver des planques pour tes copains, leur dégoter des armes, du fric, des papiers, des bagnoles ça peut déjà t'emmener très loin… Mais avec une tentative d'homicide en plus, c'est perpète que tu risques.

Les traits tirés en partie masqués par une barbe clairsemée, le visage d'Iker Redondo commence à laisser paraître les stigmates de ces deux dernières nuits, presque blanches. Jusqu'ici recroquevillé sur son banc de béton scellé au sol, il déploie sa longue carcasse efflanquée et s'étire, les mains croisées sur sa nuque. Nullement impressionné, c'est tout juste s'il écarquille les yeux.

– Une tentative d'homicide ? J'ai dû rater un épisode, reprend-il. Vous m'éclairez ?

– Redondo, je sais que ce n'est pas toi qui a voulu descendre le vieux Pozuelo à Bassussarry fin mai, débite tranquillement le commissaire Chaloyard, ignorant la réponse de celui qu'il interroge. Mais c'est justement ce que je veux savoir. Qui a voulu le buter ?

D'un calme olympien, Chaloyard s'exprime également très faiblement. Pour un peu, on jurerait qu'il ne souhaite pas être entendu par les quelques brigadiers de permanence en ce jour férié. Il écrase sa cigarette contre le mur en soufflant ses dernières volutes puis glisse le mégot dans sa poche en fixant l'*etarra* du regard glaçant de celui qui n'est pas du genre à faire de cadeaux. Chaloyard a toujours eu confiance en sa capacité à faire avouer, même des innocents.

Redondo, quant à lui, croit aussitôt enfin comprendre pourquoi le lendemain de son interpellation, il a été emmené en pleine nuit, le visage cagoulé, en un lieu qu'il n'a pu identifier. Là, on l'a d'abord fait descendre de voiture puis on lui a retiré ses menottes avant de le faire asseoir dans un autre véhicule et de lui demander de tendre les mains. La vue toujours obstruée, il a machinalement avancé ses bras et tâté ce qui lui faisait face et qu'il a instantanément identifié comme étant un volant. Les flics – cela ne pouvait être que des flics – l'avaient installé sur le siège conducteur d'un véhicule et il s'était demandé intérieurement (inutile de poser une question à laquelle ses gardes-chiourmes n'auraient pas répondu) à quoi rimait ce petit manège. Soudain tout s'éclairait.

– Et si je ne dis rien, traduit Redondo, c'est à moi que vous collez la tentative d'homicide contre Pozuelo, c'est ça ? C'est le volant de la bagnole de celui qui a fait le coup que vous m'avez fait toucher la nuit dernière pour qu'il y ait mes empreintes...

– Putain, je suis impressionné Iker, intervient le commissaire Chaloyard toujours aussi discrètement. Tu comprends très vite, t'es un vrai malin toi en plus d'être marrant. Moi qui pensais devoir te poser quelques points sur les i. Bravo. On gagne du temps. Alors qui a fait le coup ?

– Mais j'en sais rien moi. Nous avons démenti être à l'origine de ça. En pleines négociations avec l'Espagne, vous ne vous imaginez pas qu'on aurait voulu buter un galeux dont on n'avait jamais entendu parler ?

– Iker, tu dois comprendre que je dois fournir de quoi calmer mes supérieurs et le ministre. Alors si tu ne me donnes pas le nom de celui qui a tiré sur Pozuelo, c'est le tien qu'on livrera au juge. Avec ton CV, personne ne sera surpris.

– Pourri ! Sors de là ordure ! s'emporte subitement Redondo, perdant pour la première fois son sang-froid.

Le surlendemain, au bout des quatre-vingt-seize heures réglementaires de la garde à vue, Iker Redondo est transféré à Paris et déféré au Parquet devant la section antiterroriste. Les justices française et espagnole annoncent simultanément leur « grosse prise » et décrètent qu'elles viennent de « porter un coup décisif à l'organisation terroriste ETA ».

13

Direction le Venezuela

La main en visière, Inès protège ses yeux de l'aveuglant soleil se reflétant sur le bitume gorgé d'eau que les caniveaux peinent encore à évacuer. Quel contraste saisissant entre cette météo paisible et le survol de la mer des Caraïbes quelques dizaines de minutes auparavant dans un ciel charbon zébré d'argent. Un ciel si noir qu'on aurait pu croire à une arrivée nocturne de son vol, alors que l'après-midi vient seulement de débuter au Venezuela.

De l'autre côté de la douane de l'aéroport Simón-Bolívar de Caracas-Maiquetía, Louise Grandjean attend Inès. Elle ne met pas longtemps à l'identifier. Une belle jeune fille brune, l'air un peu perdu, tirant sa valise, « vert-pomme » avait-elle précisé comme signe distinctif en plus de sa photo envoyée par courriel trois jours plus tôt.

– Ça arrive souvent que le temps change aussi radicalement et en aussi peu de temps ? interroge Inès qui a chaussé ses lunettes de soleil en direction du parking.

– À cette époque de l'année, oui, répond Louise. D'ailleurs, même si le ciel est tout bleu, dans vingt minutes on peut très bien avoir le même genre d'orage qu'au moment de ton atterrissage. Et encore, à Caracas même, ça peut être bien pire. En bord de mer comme ici à Maiquetía ou à Caraballeda, là où nous habitons, les nuages ne s'attardent pas aussi longtemps.

Le soir même de la découverte du coffre-fort et plus encore des cartouches dans l'atelier de peinture de sa grand-mère, Inès s'était décidée à rencontrer Iñaki Irazustabarrena. En en apprenant plus sur la mort de son père, elle s'était persuadée d'en découvrir aussi beaucoup sur Casimiro, son grand-père. En une semaine, tout était réglé. Par l'entremise conjointe de Larranaga et de Pantxika, à laquelle le nom d'Accoceberry, son patronyme de naissance, est venu s'ajouter comme une clé facilitant l'ouverture de portes secrètes, Inès n'a pas éprouvé de difficultés pour convaincre l'ancien ponte d'ETA et sa compagne Louise Grandjean de la recevoir quelques jours dans la maison de leur exil.

– Belle bagnole, qu'est-ce que c'est? demande Inès en déposant sa valise près de la roue de secours dans le coffre de cette grosse voiture jaune aux formes très rétro.

— C'est une *Buick Super Hardtop* coupé, modèle 1952, s'empresse de répondre Louise en experte, avec une pointe de fierté. Oui elle est belle, et pour une voiture de cinquante ans, elle marche du tonnerre. Mais malheureusement elle n'est pas à nous. C'est celle d'un ami cubain, un médecin qui travaille dans un quartier pauvre de Caracas dans le cadre du programme d'échange « Santé contre pétrole » mis en place entre Cuba et le Venezuela en 2002. Carlos ne travaille pas aujourd'hui et nous a prêté sa *Buick* parce que notre voiture est en panne. Mais Iñaki, lui, ne l'aime pas beaucoup. Il la trouve trop voyante, lui qui tient à sa discrétion. C'est d'ailleurs un peu pour ça qu'il ne m'a pas accompagnée à l'aéroport pour venir te chercher. Mais il a hâte de faire ta connaissance.

Le trajet côtier entre l'aéroport et le domicile de ses hôtes ne prend pas plus d'une heure. Coincée entre, sur sa droite, la montagne et, sur sa gauche, l'océan bordé tantôt de rochers tantôt de plages de sable blond, la route rappelle à Inès celle de Jaizkibel, sitôt passé la frontière après Hendaye en direction de Saint-Sébastien. Route qu'elle a emprunté à maintes reprises dans son enfance lorsque ses grands-parents l'emmenaient en excursion pour la journée. Sans doute n'est ce pas un hasard si Martiko et Louise se sont installés ici.

Perchée à flanc de colline avec une vue plongeante sur la *playa Escondida*, la petite maison du couple se trouve à l'écart du centre-ville de Caraballeda. Adossé contre le chambranle de la porte d'entrée grande ouverte, les jambes croisées, Iñaki Irazustabarrena fume une cigarette, un œil sur l'océan, un autre, intrigué, sur la télévision qui diffuse depuis hier les premiers programmes de *Tele Sur*, la nouvelle chaîne pan-latino-américaine voulue par Hugo Chávez, élu président de la République depuis six ans, dans le but de contrer l'information « propagandiste des autres chaînes vendues au capitalisme des USA », annonce une publicité.

– Bienvenue Inès, lance-t-il de sa voix rauque et dans un large sourire. Parles-tu l'*euskara*?

– Non, désolée, fait Inès quelque peu intimidée.

– Je m'en doutais. Tu devrais apprendre, c'est une belle langue, très facile.

– Ne l'écoute pas, intervient Louise, sa compagne. Moi-même je n'y suis jamais arrivée après toutes ces années, même si je le comprends un peu. Parle-lui donc en français, comme je le fais. Il le maîtrise aussi parfaitement que l'*euskara*, le castillan et même l'anglais. C'est un don chez lui.

Assisté de sa canne en bois, Iñaki Irazustabarrena regagne la table du séjour. « Je n'ai pas le droit de fumer dans la maison », précise-t-il en offrant à boire à Inès. La soixantaine largement dépassée, il laisse choir son corps massif sur une vaste chaise en chêne. Ses longs cheveux blancs ondulant et la pilosité très fournie de son visage arrondi lui donnent des petits airs de père Noël, quoique sa moustache soit légèrement jaunie par le tabac.

Ostensiblement dressé au-dessus de la petite télé, l'ikurrina, barré d'une curieuse addition (4+3=1) dont elle ne comprend pas la signification, colore gaiement le mur blanc et rappelle fièrement aux visiteurs que Martiko ne s'estime qu'en transit au Venezuela, même si celui-ci dure depuis près de vingt ans. Une éternité. Sur le vieux buffet, un couple souriant prend la pose pour une photo devant le kiosque sur la place Louis XIV de Saint-Jean-de-Luz. Malgré les couleurs rendues pastel par le temps, Inès reconnaît Louise immédiatement et suppose que c'est Iñaki qui est à ses côtés. Ce que l'intéressé lui confirme aussitôt lorsqu'elle l'interroge du regard.

– Tu ne m'as pas reconnu, hein ? poursuit-il.

– Euh… peut-être la forme des yeux, glisse poliment Inès.

– Tu parles… Mais comment pourrais-tu me reconnaître ? Je pesais trente-cinq kilos de moins à l'époque. Maintenant que je ne peux plus beaucoup bouger, bah, je suis devenu cette vieille barrique handicapée que tu vois là.

Martiko n'ose poursuivre le récit de ce qui a causé son handicap. Il sait que ce jour-là, il a eu de la chance. En tout cas, plus de chance que les autres. Les autres dont Andoni, le père de sa jeune invitée. Alors il ne veut pas donner l'impression de se plaindre. Il connaît la douleur de ne pas avoir connu son père, le sien a trouvé la mort lors d'un bombardement de la légion Condor de Franco en 1937 alors qu'il était un nouveau-né. C'est Inès qui tente anxieusement le parallèle.

– Votre handicap, c'est... Ça date du jour où... ?

– Oui, c'est ce jour-là, s'immisce Louise devant le trouble d'Iñaki qui réprime un sanglot.

– Veux-tu que nous en parlions tout de suite ? reprend-il après s'être éclairci la gorge.

– C'est dur pour tout le monde sans doute, explique Inès. Mais je suis quand même venue pour ça. Je veux savoir qui était mon père, quels ont été ses derniers instants... et qui l'a tué. Mais on peut attendre un peu si vous préférez.

– Non, non. Ça va, tu es gentille. Ce sera peut-être plus difficile pour toi tu sais.

Martiko invite Inès à s'asseoir face à lui et débute son récit.

– Je n'avais jamais vu ton père avant ce jour-là, mais j'en avais déjà beaucoup entendu parler. Par mon ami Aritz, que tu connais, mais aussi par de nombreux autres camarades. D'autres m'ont parlé de lui. Il avait décidé de rejoindre les rangs d'ETA mais tu comprends, ça ne se fait pas comme ça, sur un coup de tête. Il faut que nous vérifiions les réelles motivations des postulants. Ton père s'est découvert une âme indépendantiste vers l'adolescence mais c'était un vrai novice, il n'était même jamais encore allé en Hegoalde(22). C'est Bixintxo qui l'a cornaqué pendant une bonne année.

22- Qui désigne en euskara le « Pays basque sud », c'est-à-dire du côté espagnol des Pyrénées.

Il lui a tout expliqué, les raisons de notre choix, puis il lui a donné quelques missions, de plus en plus difficiles, sauf tuer, et il s'en est toujours acquitté brillamment sans jamais rechigner. Mon rôle était plus politique que technique. De ce point de vue-là, il était également irréprochable. Je m'en suis vite rendu compte lors de cette entrevue que nous avons eu à Baiona[23]. Je ne voyais aucune raison de ne pas l'inclure à l'organisation.

– Vous a-t-il parlé de moi, de sa famille?

– Oui, il m'a parlé de toi. Nous demandons toujours à ceux qui veulent nous rejoindre s'ils ont des enfants, si leur conjoint est au courant de leur projet, s'il le partage. Tout ça peut influer sur les comportements. En ce qui te concerne, il nous a dit *« j'ai une petite fille et je veux qu'elle puisse voir un jour l'Euskadi libre. C'est maintenant que ça se joue »*. J'ai même vu une photo de toi dans ses bras.

– Était-il prêt à tuer pour voir l'*Euskadi libre*? poursuit Inès en essuyant une larme prête à déborder.

– Ne te tracasse pas avec cela Inès. Oui il était prêt, mais les guerres font des morts, c'est comme ça. Ce n'était pas notre motivation, ce n'est pas pour le plaisir de tuer que nous nous battons. Notre adrénaline, nous allons la chercher dans l'espoir d'un État libre avec l'énergie et la légitimité de l'opprimé.

Louise avait raison. Le temps peut changer rapidement. Voilà que l'orage se remet à gronder même si la pluie

23- Bayonne.

semble contourner, du moins pour l'instant, la région de Caraballeda. Elle en profite pour se mêler de nouveau à la conversation. Elle explique qu'elle aussi avait des doutes, qu'elle a failli plusieurs fois quitter Martiko lorsqu'elle a appris qui il était vraiment. Entre un sympathisant d'ETA tel qu'elle l'avait longtemps imaginé et un membre de son comité exécutif, un de ses principaux dirigeants en somme, il y avait tout un monde. Louise avait rencontré Iñaki fin juin 1976 au camping où elle travaillait chaque été à Molliets, sur la côte landaise, comme animatrice pour enfants. Iñaki, divorcé et père d'un enfant avec lequel il a aujourd'hui perdu tout contact, vivait là, en planque avec un autre *etarra* décédé depuis une dizaine d'années maintenant (« de mort naturelle », précise Martiko), dans un mobile-home prêté par le gérant du camping, partisan d'ETA. La seule condition était de faire place nette et de trouver une autre planque le temps de laisser s'écouler la saison touristique. Mais avant que celle-ci ne débute, il y avait tous les préparatifs à assurer et c'est comme ça qu'un soir, dans un camping quasi désert, Iñaki s'était senti poussé des ailes pour aborder, au mépris des consignes de sécurité, celle qui lui « avait tapé dans l'œil, non les deux », s'amuse-t-il aujourd'hui.

Peut-être avant tout pour l'amour d'Iñaki, Louise avait fini par épouser sa cause, appris à vivre non dans la clandestinité complète mais *avec* un clandestin car *elle* pouvait aller et venir comme elle le voulait. Appris aussi à vivre avec la peur. Peur qu'il soit arrêté, emprisonné mais aussi torturé, tué… De cette rencontre était née Rita, une petite fille qui n'allait toutefois pas survivre longtemps à sa malformation cardiaque. Le tragique épisode avait renforcé le couple qui avait décidé qu'il n'y aurait pas de successeur à Rita. Iñaki avait pour ainsi dire perdu ses deux enfants, c'était assez.

Reprenant la maîtrise de la discussion qui semblait bercer Inès, Martiko raconte à présent la vie à laquelle elle a échappé si son père avait survécu. « Nous vivions à Itsasu[24] dans une maison que Larranaga avait acquise à son nom pour l'organisation. Elle était idéalement placée, comme tout le village d'ailleurs. Très étendu et éclaté en plusieurs hameaux, si quelqu'un apprenait qu'un *etarra* vivait à Itsasu, il n'avait fait qu'une toute petite partie du chemin pour le retrouver. Et si jamais nous étions plus précisément localisés, la maison offrait plein d'issues entre la voie ferrée qui passait devant, la Nive qui coulait juste derrière et la route très escarpée. Nous pouvions nous enfuir à moto, en barque, qui nous attendait amarrée au bout du jardin ou encore en train s'il passait à ce moment-là et je te prie de croire que ce n'était pas un TGV, nous pouvions facilement l'attraper au vol. Nous étions bien ici. D'ailleurs, ni les polices française ou espagnole, ni les GAL ne nous ont trouvés. C'est peut-être là que j'aurais dû recevoir ton papa… Tout ça pour te dire que, malgré tout, ce n'est pas une vie agréable tu sais. Seule la foi en notre cause peut faire que nous la supportions. »

24- Itxassou en euskara.

Rattrapée par le décalage horaire et gagnée par la fatigue, Inès semble écouter quasi religieusement ses hôtes sans les interrompre, sans leur faire part de ses autres interrogations qui tournent à l'angoisse. Elle n'est en tout cas pas prête à entendre, pas ce soir, plus maintenant, le récit de la tuerie de Saint-Pierre-d'Irube par son seul survivant. Encore moins disposée à évoquer la piste qui mènerait à son grand-père. Jusqu'à l'heure du coucher et après une promenade avec Louise le long de l'océan, la discussion ne tourne plus ensuite qu'autour d'Inès, comme si le couple retrouvait sa propre fille revenue des antipodes après des années d'exil. Elle aussi.

Le lendemain matin, quand Inès se lève, Louise et Iñaki sont déjà affairés depuis bien longtemps. Les cheveux un peu arrangés mais pas encore coiffés, toute penaude dans son très long t-shirt « Golf de Bassussarry », elle s'excuse de les déranger, de les gêner dans leur vie quotidienne et les remercie encore de leur hospitalité. Tandis que Louise s'offusque presque de tant de déférences – « et puis tu sais, il y a toujours du passage chez nous. Et on aime recevoir », ajoute-t-elle – Iñaki, de nouveau rivé à *Tele sur*, lui demande son avis sur Hugo Chávez. Bien sûr, Inès qui n'a qu'une conscience politique limitée, en germe, même si elle commence à comprendre l'importance de l'engagement, n'a pas d'avis sur Chávez dont elle n'a fait qu'entendre le nom, peut-être bien par son grand-père d'ailleurs, sans se souvenir de la teneur de son propos. Remarquant à peine le silence embarrassé de la jeune fille, Martiko enchaîne directement sur sa propre opinion passée au filtre de sa connaissance aigüe de la chose politique. « Drôle de mec, marmonne-t-il, réfléchissant plus à voix haute que cherchant à être entendu. Bien sûr, il se revendique du bolivarisme, des progrès considérables ont été apportés aux populations mais j'ai du mal à le cerner. Il entretient le culte de sa personnalité, mise tout son programme économique sur la rente du pétrole… Je crains que ce régime ne survive longtemps après la disparition de son chef et plus encore si le cours du pétrole s'effondre durablement. Peut-être que cette nouvelle chaîne de télé va m'aider à mieux comprendre le personnage. On verra. »

– Tu as vu ce temps Inès, annonce Louise en versant un chocolat chaud dans un bol. Tu as pris ton maillot de bain ? C'est un jour à aller à la plage. Il ne fait pas trop chaud et il ne pleuvra pas.

– Oui je l'ai. Me baigner me manquerait, j'en ai trop l'habitude à cette période de l'année. Ma plage préférée est celle de l'Uhabia à Bidart, vous connaissez ?

– Alors jeune fille, bien dormi ? coupe Iñaki s'avançant péniblement à petits pas traînants, comme s'il revenait d'une autre planète après avoir lâché l'écran de télé. Qu'allons-nous te proposer aujourd'hui ?

– Ne t'occupe pas de nous, intervient Louise. C'est réglé. Tu as bien prévu d'aller à Caracas avec Carlos, non ? Alors laisse-nous préparer notre emploi du temps comme on l'entend.

– C'est vrai, d'ailleurs je ne vais pas tarder. Oh, beau t-shirt Inès, ajoute-t-il un brin railleur en le découvrant sur les épaules de la jeune fille.

– Merci. C'est près de chez moi, sourit Inès en montrant le logo du golf de Bassussarry avec son index.

– Un peu touristique non ? demande-t-il plus sérieusement cette fois. C'est le drame de l'Iparralde. C'est un paradis pour touristes mais les habitants, ceux qui y sont nés, y vivent, y travaillent, sont chassés toujours plus loin du fait du prix des terrains.

– C'est mon grand-père qui me l'a offert, chigne Inès de nouveau piteuse.

– Mais laisse-là donc tranquille, s'interpose Louise. Allez plutôt vous préparer monsieur Martiko-le-pur.

Lorsqu'en milieu d'après-midi, de retour de Caracas, Carlos au volant de sa *Buick* 1952 dépose Iñaki juste devant la maison, Louise et Inès sont déjà rentrées et attablées dans le petit jardinet derrière la bâtisse. Iñaki les y retrouve et dépose un petit paquet devant Inès.

– C'est pour moi ? Mais pourquoi ? demande-t-elle en l'ouvrant.

– Pour me faire pardonner de ma réflexion de ce matin. Je sais que je suis un peu bourru parfois, je dis les choses comme elles me viennent.

De l'intérieur de la petite boîte en carton, Inès tire un mug aux couleurs jaune, bleu et rouge du drapeau vénézuélien adroitement stylisé en forme de fleurs et d'étoiles.

– Quand, de retour en Europe, tu prendras ton petit-déjeuner, je ne voudrais pas que tu aies un mauvais souvenir de ton passage dans ce pays, dans cette maison, sourit Martiko en caressant la joue d'Inès d'un air particulièrement attendri.

– Merci, il ne fallait pas. Je n'étais pas vexée. Et puis on m'a déjà dit que les promoteurs immobiliers bétonnaient trop la côte, que les golfs étaient trop nombreux et beaucoup trop énergivores…

– Mais tu n'y es pour rien Inès… Bon, parlons d'autre chose. À Caracas, j'ai également croisé un jeune homme qui vient de France, comme toi, même s'il est originaire de l'autre côté des Pyrénées. Je le connais bien, il a à peu près ton âge. Je l'ai invité pour le dîner, tu te sentiras mieux au lieu d'être entourée par deux vieux.

– Parle pour toi, plaisante Louise. Je ne me sens pas vieille.

– Mais il ne fallait pas, reprend Inès. Tout ça… C'est trop. Beaucoup trop. Déjà que vous m'avez ouvert votre porte. Et puis, ce n'est pas parce qu'il est jeune que je vais obligatoirement bien m'entendre avec ce garçon. Vous êtes vraiment trop gentils. Tous les deux. Merci pour tout.

– Bon, il y a une autre raison à sa venue. On en parlera quand il sera là, se fait soudain plus mystérieux Martiko.

À une demi-heure à pied d'ici, sur les conseils de Louise ce matin à la plage, Inès entreprend de se rendre à la marina, « un endroit sympa, plein de jeunes », avait glissé la compagne d'Iñaki. En chemin, elle se demande si celui-ci ne se sent pas un peu responsable de la mort de son père, ce qui expliquerait toute cette gentillesse dont lui et sa femme l'entoure, ce qu'elle juge ridicule. Plus loin, elle ralentit le pas en arrivant devant un Mc Do. À la recherche d'une connexion internet, sa première intention est de s'y arrêter mais en pensant à sa réflexion matinale, elle imagine que cela ne plairait pas non plus à Iñaki s'il l'apprenait. Alors elle passe son chemin, le visage traversé d'un sourire radieux, en imaginant la scène. C'est finalement dans un cybercafé tout près du port de plaisance qu'elle se pose et s'offre une connexion de quinze minutes principalement pour lire les courriels de sa grand-mère mais en se gardant bien de lui révéler l'endroit où elle se trouve. Inutile de la perturber plus. Les nouvelles en provenance de Jocelyne sont bonnes. Excellentes même. S'il ne semble y avoir toujours aucune information concernant l'enquête – d'ailleurs celle-ci n'a pas l'air d'intéresser Jocelyne plus que cela – l'état de santé de Casimiro continue de s'améliorer. Il est à présent parfaitement conscient et il recommence même à parler un peu à défaut de pouvoir bouger. Inès sent instantanément la joie la remplir avant de revenir aussitôt à ses doutes. Pour les lever ou les confirmer, il faudra bien aborder le sujet avec Martiko tout à l'heure, lorsque le jeune homme qu'il a invité sera parti. Mais pourquoi s'est-il donc cru obligé d'inviter quelqu'un pour moi, repense Inès. Je n'ai aucune envie de parler du pays ou des derniers tubes avec un inconnu. Et puis ce n'est pas parce que nous avons le même âge que nous partageons les mêmes goûts. Enfin, c'est un moment à passer.

De retour chez ses hôtes, Inès aperçoit dès le début de la rue une vieille bagnole garée devant la maison. Peut-être une Toyota ou quelque chose comme ça, de toute façon le logo a été arraché, s'aperçoit-elle en arrivant à sa hauteur. Ça doit être celle du gars. Bah, plus vite arrivé, plus vite reparti, imagine Inès.

En poussant la porte, la claque tombe. Une double claque. Chacun la sienne. Quand elle ne peut émettre qu'un « Ah ! » vaguement étouffé, lui reste carrément muet, la mâchoire tombée sur la poitrine, les yeux écarquillés. « Mais… », parvient-il à lâcher au bout de ce qui leur semble durer d'interminables secondes.

– Te revoilà Inès ! exulte Louise qui était au jardin.

Cependant, devant la mine interloquée de tous, y compris Iñaki, celle-ci ravale son sourire.

– Eh ben, que se passe-t-il ici ? relance-t-elle. Vous en faites de ces têtes, tous…

– Chérie, je crois que nos deux jeunes invités se connaissent, annonce soudain Iñaki en se tournant vers Louise. N'est-ce pas ?

– Oui, parvient à sortir Inès en raclant sa gorge.

Si, le sachant au Venezuela, elle avait le secret objectif de rencontrer Mikel, Inès ne s'attendait pas à le retrouver ici même, en cette fin d'après-midi, dès le lendemain de son arrivée. Quant à Mikel, sa stupéfaction ne pouvait être que plus énorme encore. Alors, bien que ne se quittant pas des yeux, leurs langues ont du mal à se délier. Il faut l'intervention des deux plus anciens pour tirer les deux gosses de leur torpeur et commencer à démêler la pelote de cet imbroglio.

– Mais, vous vous connaissez... comment dire, débute Louise sans doute la plus surprise des quatre, vous vous connaissez intimement ?

– Oui, reconnaît Mikel. Nous sommes... fiancés comme on disait de votre temps, ajoute-t-il, son visage peint d'un vague sourire.

– Hum... Ce que tu annonces n'induit-il pas de la confiance mutuelle? Il me semble plutôt que tu en as singulièrement manqué et même que tu m'as menti, s'interpose Inès dont le minois froncé indique qu'elle ne plaisante pas du tout.

– Je me suis piégé moi-même, je voulais tout te dire mais j'étais prisonnier de la situation, je n'arrivais pas à m'en départir, répond Mikel.

– Écoutez les enfants, s'interpose Iñaki. J'ignorais que vous vous connaissiez mais ça ne me surprend pas. Or, j'ai l'impression que vous n'avez pas conscience de votre plus gros point commun. Raison pour laquelle j'ai demandé à Mikel de passer.

Au regard interrogateur des deux jeunes, d'abord dirigé vers lui, puis entre eux, Martiko réalise que son impression devient une certitude qu'il s'empresse de leur dévoiler.

– Aitor et Andoni, vos pères, sont morts le même jour, reprend-il. Ils étaient avec moi le 20 mai 1985. Ils ont été assassinés par les mêmes galeux. Ton père Mikel, sur le parking où il attendait le tien, Inès.

Inès et Mikel pensaient être au bout de leur surprise en se retrouvant ici, dans cette petite maison au bord de la mer des Caraïbes, à plusieurs milliers de kilomètres de chez eux, ils découvrent maintenant qu'ils partagent au plus près le même drame, celui qui a bouleversé leur enfance. Inès qui était restée debout sur le pas de la porte depuis son retour de la marina s'assied enfin, le visage blême, sous le regard vitreux de son ami qui semble encore plus ébranlé qu'elle par cette nouvelle.

– Mais com… comment ça? balbutie Mikel. Andoni s'appelait Accoceberry, non?

– Mon nom de naissance, indique Inès qui reprend progressivement ses esprits. Pozuelo, c'est le nom de mes grands-parents qui m'ont adopté.

– Mais tu m'as toujours expliqué que ton père avait été tué dans un règlement de compte d'ETA.

– Parce que c'est ce qu'on m'a toujours dit. Faut croire que là encore on m'a menti. J'ai l'impression que tout le monde me ment depuis ma naissance.

14

GAL : DU DERNIER ATTENTAT AUX PREMIÈRES CONDAMNATIONS

Le 3 octobre 1987, dès l'aube, à l'heure où bleuit la campagne, quand les flics reçoivent l'ordre d'intervenir par surprise, quelque cinq cents policiers et gendarmes français procèdent à la plus importante rafle depuis la guerre d'Algérie. Au Pays basque nord, des centaines de personnes soupçonnées d'appartenir à la mouvance indépendantiste sont arrêtées et conduites dans une caserne de CRS à Bayonne, enfants compris. Après vérification d'identité et un rapide interrogatoire, quelque deux cents réfugiés politiques basques sont expulsés dans un pays tiers ou directement livrés à la police espagnole dans le cadre dit de la procédure d'expulsion « en urgence absolue ». Depuis l'arrivée au pouvoir du gouvernement Chirac un an plus tôt, plusieurs centaines de Basques espagnols ont ainsi repassé la frontière les menottes aux poignets. Une victoire pour le gouvernement de Felipe González et pour les GAL qui n'avaient de cesse de réclamer une telle collaboration de l'État français. Miracle de la diplomatie, cela fait justement un an que les GAL n'ont plus commis aucun attentat à l'exception d'un dernier, en juillet 1987, encore largement inexpliqué.

Malgré tout, cela commence à sentir sérieusement le roussi pour quelques galeux qui, s'ils ont obtenu des résultats probants, n'en ont pas moins usé de méthodes illégales que beaucoup ont en travers de la gorge. Pour l'instant, seul le menu fretin est tombé. Des mercenaires portugais ou français trop maladroits pour passer à travers les mailles du filet pourtant très espacées ont été condamnés pour enlèvement, séquestration et/ou assassinat. Mais hors de question pour eux d'être les seuls à payer, d'autant que la plupart s'imaginaient « être en mission officielle pour l'État espagnol ». Toute violence était de fait légitimée avec cette caution. C'est ce qu'Acedez ou Domingo leur avaient laissé entendre, alors…

Dès 1984, les deux policiers sont identifiés sur photos par quelques-unes de leurs anciennes recrues. Dans l'euphorie de leurs premières réussites contre des *etarras* et grâce à l'opulence que leur autorisaient les fonds secrets qui leur étaient versés, ils se montraient parfois très imprudents, se laissant photographier ou réclamant l'être ici ou là, comme au *Cielo Rojo* à Madrid. Une première fois inquiétés en 1986 à la suite d'une action populaire[25], le procureur général se déclare en définitive incompétent pour statuer, les faits reprochés n'ayant pas eu lieu en Espagne mais en France. Cependant une nouvelle action populaire, fin 1987, déclenche une procédure de l'Audience nationale. Elle est notamment à l'initiative de militants du parti socialiste espagnol au pouvoir qui exigent des éclaircissements. Jesús Acedez et son adjoint Miguel Domingo, sont interrogés. Finalement arrêtés puis incarcérés en 1988 sous le chef d'inculpation d'« appartenance à bande armée », leur procès débute en juin 1991 à Madrid.

À hauteur du 14 de la rue Goya, depuis le trottoir d'en face, on ne peut plus apercevoir la petite entrée de l'Audience nationale. La foule et les caméras se pressent contre le trop maigre cordon de policiers. À l'intérieur, bien que respectueuse du protocole et plus feutrée, l'atmosphère n'en est pas moins lourde. Acedez et Domingo, le visage grave, ont perdu de leur superbe mais, sûrs de leur bon droit et de leurs appuis, ils demeurent arrogants.

– Pourquoi avoir créé les GAL ? demande en substance le président de l'Audience nationale.

– Pour assurer la sécurité de l'État, en vertu d'un décret de 1975 sur la « répression du terrorisme », explique Acedez,

25- L'action populaire (*acción popular*) est une action judiciaire prévue dans le droit espagnol par laquelle un groupe de citoyens peut réclamer son droit à l'administration de la justice en défense des intérêts collectifs.

impeccable dans sa chemise blanche recouverte d'une fine cravate noire… Ce décret étend le délit de terrorisme à ceux qui prônent l'idéologie communiste, l'anarchisme et le séparatisme. Comme ETA.

– Le dernier décret de Franco, oui, nous connaissons. Mais en 1983, je vous rappelle que nous n'étions plus sous ce régime.

– Si vous préférez, nous répondions aux actions d'ETA, organisation inféodée à une internationale terroriste à la solde de Moscou, qui livrait une guerre révolutionnaire de type marxiste-léniniste sur notre sol.

– Vous êtes policiers, vous devez savoir que c'est à la justice de répondre aux faits de terrorisme avec le concours des forces de l'ordre, non ?

– Les terroristes préparaient toutes leurs actions en France et y retournaient sitôt celles-ci achevées sans que la justice ou la police de ce pays ne fasse quelque chose. Nous avons agi en état de légitime défense. Ce sont des gardes civils, des policiers, des militaires espagnols qui étaient abattus comme des chiens par les *etarras*.

– À quand remonte l'idée des GAL ?

– Lorsque le capitaine Barrios a été enlevé et exécuté.

– Qui sont les membres des GAL ?

– Des patriotes.

– Mais encore. Où les recrutiez-vous et comment ?

– Au Portugal et en France essentiellement. Il n'était pas très difficile de convaincre des personnes qui ne supportaient pas l'impunité accordée aux *etarras*. Nous recrutions les Français dans les rangs des légionnaires, des anciens de l'OAS[26] ou des services de police. En les rétribuant, ils faisaient d'une pierre deux coups. Une bonne action et ils arrondissaient leurs fins de mois.

– Ils étaient d'autant moins difficiles à convaincre que vous les payiez. Combien les rétribuiez-vous ?

– Ça dépendait de la cible.

– Et où trouviez-vous l'argent ?

– Nous disposions de tout ce qu'il nous était nécessaire.

– Mais d'où vous venait « tout ce qu'il vous était nécessaire » ? Avez-vous utilisé de l'argent public pour financer vos actions ?

– …

La question des juges n'est pas innocente. Déjà circulent des accusations à l'égard du pouvoir en place. Mais Acedez et Domingo restent de marbre, certains que ces personnalités vont bientôt les sortir de là. Ben quoi, faire taire quelques juges ne devrait pas être très compliqué quand eux réduisent au silence des membres d'une organisation armée qui en veulent à la sécurité de l'État.

Trois mois plus tard, Acedez et Domingo sont condamnés à cent-huit ans de prison chacun pour « enlèvement, assassinats, détention d'armes illégales, détournement de fonds et appartenance à bande armée ».

26- Organisation armée secrète, groupuscule politico-militaire clandestin d'extrême droite, né en Algérie au début des années 1960 en défense de la présence française dans ce pays. Composée de militaires et de civils français, l'OAS, hostile à l'indépendance de l'Algérie commettra de nombreux attentats avant et après les accords marquants la fin de la guerre d'Algérie.

Mais l'affaire est encore loin d'avoir livré tous ses secrets. En 1994, elle se réinvite dans l'actualité. Même si sa peine est aménagée, Acedez n'en peut plus d'avoir le sentiment d'être le dindon de la farce. Alors, il balance. Du gros. Et au terme d'une longue procédure, de nombreux hauts gradés de la Garde civile et de hautes personnalités politiques, dont le ministre de l'Intérieur, sont à leur tour condamnés. Seul Felipe González, président du gouvernement, en réchappe de justesse même si l'affaire lui coûte sa place, le PSOE étant battu pour la première fois depuis quatorze ans aux élections législatives de 1996.

Si tous les condamnés ont été libérés bien avant la fin de leur peine, y compris Acedez et Domingo, le scandale des GAL sonne encore aujourd'hui comme l'une des plus grandes opérations de terrorisme d'État d'où son nom de « guerre sale ».

Et en France? Curieusement, alors que l'essentiel des attentats ont été commis sur son territoire par des ressortissants français selon les aveux mêmes du commissaire adjoint Acedez, l'affaire n'a pas le même retentissement. Acedez a pourtant là encore balancé du lourd à un juge français venu l'entendre à Madrid dès 1987. Or si des galeux sont bien arrêtés, bizarrement la plupart des enquêtes sont menées de telle façon qu'un vice de procédure y est décelé par leurs avocats qui les font libérer sans difficultés. Un juge se plaint même du manque de collaboration de la police lors de ses investigations dès lors qu'il s'approche des galeux français. Si bien que très peu d'entre eux finiront sous les verrous alors que les GAL ont été le mouvement le plus meurtrier de ces années-là sur le territoire hexagonal, bien plus que le FLNC[27] ou AD[28] pourtant beaucoup plus médiatisés. Et quand ces derniers étaient qualifiés de terroristes, les galeux arrêtés relevaient de crimes de droit commun. Beaucoup de policiers soupçonnés seraient donc encore libres d'exercer aujourd'hui... ou bien couleraient des jours tranquilles à la retraite. Parmi eux, peut-être un complice des tueurs d'Andoni Accoceberry et d'Aitor Ekiza.

27- Front de libération nationale corse, 8 morts de 1983 à 1987.

28- Action directe, groupuscule anarcho-communiste, prônant la guérilla urbaine. Fait 5 morts durant la même période.

15

« Capo a tué vos pères »

À Caraballeda, le soleil a entamé sa descente. Claudiquant, Iñaki Irazustabarrena revient de la cuisine avec une coupelle remplie de morceaux de sucre, tandis que Louise verse du café. La discussion est parfois embrouillée, souvent embarrassée. Chacun essaye d'y voir plus clair dans le passé de l'autre, mais Inès et Mikel commencent à redouter intérieurement les ravages que pourraient causer la découverte de la vérité. Au bout de plusieurs minutes d'échange, le brouillard se dissipe peu à peu.

Après le démantèlement du commando Donosti au tout début du printemps 2002, Mikel fuit d'abord en France. Son intention est d'y rester et de rejoindre la cohorte d'*etarras* exilés. Mais dans un restaurant d'Anglet il fait la connaissance d'une femme qui a connu son père. Curieux d'en apprendre plus, dans l'impossibilité de rentrer au pays et la France devenant de plus en plus incertaine du fait de l'élection d'un nouveau président de la République à peine plus de deux mois après son arrivée, Mikel part au Venezuela à la recherche de l'homme en question. C'est Iñaki Irazustabarrena. Il reprend parallèlement ses études de psycho à la fac de Caracas. Plusieurs semaines s'écoulent avant qu'il ne fasse enfin la connaissance de cet Iñaki, dit Martiko. « C'est bien un commando des GAL qui a descendu ton père, lui confirme celui-ci. Ils étaient deux. À moto, une forte cylindrée. J'étais avec deux autres militants tandis qu'Aitor veillait sur nos arrières depuis l'autre rive de la Nive. Il a eu le temps de tirer le signal d'alarme en nous transmettant un message de « feu vert » au moment de repartir qui en réalité signifiait qu'il était grillé. Mais les galeux s'en sont vite aperçus. C'est sans doute à cet instant qu'ils ont abattu ton père. Puis ils se sont lancés à notre poursuite et nous ont rattrapés sans difficulté à Saint-Pierre-d'Irube. Et là, ils ont fait un carton. Ils m'ont laissé pour mort avec deux balles dans le buffet, dont une près de la cinquième vertèbre dorsale. Mais Bixintxo et le petit jeune, Andoni Accoceberry, y sont restés. L'un des galeux se faisait appeler Capo. J'ai entendu son nom quand l'autre l'a sommé plusieurs fois de tirer sur Andoni… J'ignore pourquoi il hésitait ».

Dès lors, Capo devient l'obsession de Mikel. Rien ne compte plus que sa vengeance. La lutte, particulièrement la lutte armée pour l'indépendance passe d'autant plus au second plan qu'Iñaki, qui a pris le jeune homme sous son aile, tient désormais des propos qui fustigent l'orientation militaire de la nouvelle direction d'ETA. Avec l'aide d'autres *etarras* exilés au Venezuela, Mikel remue ciel et terre et croit enfin avoir identifié le fameux Capo.

Le 11 mars 2004, dix bombes font plus de mille-cinq-cents victimes dont près de deux cents morts à la gare de Madrid Atocha. Tout à son obsession à « éradiquer le terrorisme basque », le gouvernement espagnol désigne aussitôt ETA comme responsable de la tragédie. Quand il s'avère qu'elle est en réalité le fait d'Al-Qaïda, la pression se relâche quelque peu sur les *etarras* pour se concentrer sur les musulmans vivant en Espagne. C'est l'aubaine dont profite Mikel pour rentrer au pays quelques jours plus tard. Le temps d'embrasser sa mère, de la rassurer et de lui annoncer qu'il va pouvoir « enfin tenir sa promesse » de venger son père, il repasse la frontière et s'installe à Talence. Son brillant parcours d'étudiant à Saint-Sébastien puis à Caracas lui ouvre les portes de l'université de Bordeaux où il achèvera son master l'année suivante. Mais sa préoccupation immédiate, il ne l'a pas perdue de vue, c'est retrouver Capo. Ses recherches l'ont conduit dans la banlieue parisienne et à Bassussarry où il posséderait une résidence secondaire. De plus, Capo aurait une fille ou une petite-fille, ses informations ne sont alors pas très précises, prénommée Inès.

– Alors notre rencontre, c'était… bidon, avance Inès.

– Je voulais juste connaître l'environnement de ton grand-père. Là où il habite, ses fréquentations, sa famille. Mais quand je t'ai vu et surtout parlé la première fois dans ce bar, à Cergy, puis quand on s'est revu… eh bien… tu m'as… troublé. Je suis tombé amoureux de toi tout de suite.

– C'est donc bien toi qui as tiré sur mon grand-père, reprend Inès affirmative, sans donner l'impression d'avoir tout entendu de la réponse de son ami. Le jour où je t'ai déposé à l'aéroport pour ton pseudo-départ pour l'Argentine, tu as changé ton billet et fais demi-tour pour venir tuer mon grand-père. C'est bien comme ça que ça c'est passé? Tu n'es pas seulement un assassin, tu es un menteur, un hypocrite.

Gêné, Mikel baisse la tête sans rien dire. Louise, se lève pour se placer derrière Inès et lui prend les épaules. L'atmosphère est lourde, chargée d'une émotion muette. Plusieurs paires d'yeux s'humidifient. Peut-être maladroitement, Iñaki tente un timide « Capo a tué vos pères », comme pour justifier le silence de Mikel. Mauvais calcul. « Des dingues! Vous êtes tous dingues! », s'énerve subitement Inès en se redressant, l'assise de sa chaise venant frapper les genoux de Louise. Elle attrape alors son sac à main machinalement puis sort en courant et s'enfonce dans les ruelles de Caraballeda avant même que qui que ce soit ait pu esquisser la moindre réaction.

« Elle est sûrement allée à playa Escondida. Prends la rue en face, descends-la jusqu'au bout, c'est toujours tout droit », indique Louise de son index à Mikel qui s'est lancé trop tard à la poursuite d'Inès pour pouvoir la rattraper.

C'est bien à playa Escondida, qu'il la retrouve, recroquevillée au bout de la toute petite jetée. Il s'approche, s'accroupit derrière elle et lui dégage les cheveux de sa nuque du revers de la main.

– Laisse-moi tranquille, marmonne-t-elle.

– Inès, je t'...

– Tu ? Tu quoi ?

Désormais agenouillé face à elle, ses yeux plongés dans les siens, Mikel lâche enfin ce qu'il ne lui a jamais dit depuis qu'ils se connaissent.

– Je t'aime.

Inès étouffe bruyamment un rire.

– Pourquoi ris-tu ? Ce n'était pas facile pour moi de te dire ça.

– Je m'en doute. C'est le moment choisi pour le faire qui me fait m'esclaffer, dit Inès en tournant la tête avant de revenir face à Mikel. Le même jour, tu avoues m'aimer et avoir voulu tuer mon grand-père. Excuse-moi, mais ça fait un peu beaucoup et c'est un tantinet contradictoire, tu ne trouves pas ?

– Pourtant c'est vrai. Comment va-t-il ?

– Qui ? Mon grand-père ? éclate-t-elle de rire nerveusement. Tu as raté ton coup, si c'est ça que tu veux savoir.

Il recommence même à parler. Tu as peur qu'il te dénonce ? Tu veux l'achever maintenant ?

– Non. Je suis désolé ma princesse. Mais il a tué mon… enfin, nos pères !

– M'enfin, tu t'entends parler ? Le tien encore, je ne dis pas. Mais le mien… Il l'adorait. Tiens regarde cette photo.

Du fond de son sac, Inès tire son portefeuille d'où elle extrait la fameuse photo de ses parents prise à Paris, devant le Parc des Princes en 1982 par sa grand-mère. Derrière Andoni et Marie Accoceberry, Casimiro Pozuelo tout sourire, enlace son gendre aussi tendrement que sa fille.

– Il a l'air de quelqu'un qui va tuer mon père trois ans plus tard ? questionne Inès.

– En trois ans, il peut se passer beaucoup de choses…

– Il m'a toujours dit du bien de mon père.

– Pourtant il t'a menti sur sa mort…

– Ça ne fait pas de lui son assassin. C'était pour me protéger.

Inès, qui commençait à se laisser attendrir, s'offusque de nouveau en s'éloignant de Mikel qui a posé ses mains sur ses hanches.

– Et puis comment peux-tu en être aussi sûr ? reprend-elle.

– Inès, on parle de Capo. Ca-po… pour Casimiro Pozuelo, tu comprends ?

– Mais ce n'est pas une preuve ça. À ce compte-là, pourquoi ce ne serait pas… (Inès réfléchit mais ne trouve pas). Enfin, ça peut être n'importe qui. Tiens, Carlos, l'ami de Louise et Iñaki. C'est comment son nom ?

– Ce n'est pas n'importe qui. C'est lui.

Et Mikel de commencer à étaler tout ce qu'il a découvert.

Pour placer des barbouzes sans le reconnaître dans un pays étranger, tous les gouvernements procèdent de la même manière. Ils nomment un « attaché culturel » dans l'une de leurs représentations. Si Casimiro Pozuelo a terminé sa carrière à ce poste à l'ambassade d'Espagne à Paris, il a également occupé les mêmes fonctions au consulat, à Pau puis à Bayonne. Tiens donc ! D'anciens *etarras*, dont Iñaki Irazustabarrena, ont longtemps gardé un œil suspicieux sur lui sans jamais pouvoir le confondre avant de l'oublier. Mais lorsque, des années après, Mikel, avide de vérité, se penche un peu plus sur le passé de Pozuelo, il découvre que celui-ci a également été de 1970 à 1974 l'adjoint d'Alejandro Armesto, le directeur de l'agence de presse EFE, créée et contrôlée par la propagande franquiste, jusqu'aux dernières heures de la dictature. Cette troublante concordance entre les postes qu'il a occupés convainc un peu plus Mikel de l'identité de l'assassin de son père. Pozuelo. Et pour mieux l'approcher, l'appréhender, le connaître, il séduit sa petite-fille.

– Mais je t'assure que mon amour n'a jamais été feint. Jamais, confirme Mikel. J'ai même failli renoncer à…, enfin à tirer, quoi.

– Pourtant tu l'as fait quand même.

– Tu te souviens, un jour, quelques semaines après m'avoir présenté à tes grands-parents, j'ai prétexté un terrible mal de crâne pour ne pas vous accompagner en forêt. Tu avais même insisté pour rester avec moi et je t'avais dit que je voulais dormir... Eh bien en fait j'en ai profité pour fouiller la maison. J'ai découvert un coffre-fort caché derrière des toiles de ta grand-mère dans son atelier. Pas difficile d'imaginer la combinaison. Au deuxième essai, j'ai tapé ta date de naissance et il s'est ouvert.

– Et ?

– À l'intérieur, il y avait quelques tracts anticommunistes, antianarchistes. Rien, c'est vrai, contre ETA. Mais il y avait surtout un pistolet automatique CZ 75.

– Bon, et alors ? Ce n'est pas une preuve.

– C'est ce genre d'arme qu'utilisaient les GAL. Acheté sur un marché parallèle illégal au régime raciste d'Afrique du sud.

– Ce n'est toujours pas une preuve...

– Inès, ne nous voilons pas la face.

– Mais tu te rends compte de ce que tu dis ? Mon grand-père, tuer mon père de sang-froid ?

– N'oublie pas ce que nous a dit Iñaki. Capo a hésité. C'est le pilote de la moto qui l'a sommé plusieurs fois de tirer. Pour les autres, il n'a pas eu la moindre hésitation. Capo ne s'attendait tout simplement pas à trouver ton père, son gendre, au bout de son arme.

Inès, qui avait repris le contrôle de ses nerfs, ne peut de nouveau plus se contenir, portée par sa colère contre son ami ou par ses révélations. Sans doute les deux. L'évidence s'impose à elle. Sans sanglots, sans cris, le regard perdu sur la ligne d'horizon où vient mourir tout doucement le soleil, elle pleure.

– Mais je suis sûr que ton grand-père t'aime sincèrement. Peut-être encore plus à cause de… de ce qu'il a fait.

– Prends-moi dans tes bras, j'ai froid, murmure Inès, semblant se radoucir l'espace d'un instant seulement.

Après un long détour dans un silence glaçant, Inès et Mikel rentrent chez Louise et Iñaki. En chemin, le jeune homme a bien essayé de prendre la main d'Inès ou d'enrouler son bras autour de la taille, elle a tout repoussé. Seule concession, elle n'a pas refusé l'offre de Mikel lorsque celui-ci, s'apercevant des frissons qui la parcouraient, lui déposa son blouson sur les épaules.

– Ah vous voilà les enfants, lance Iñaki, sur un ton de gaîté qui tranche singulièrement avec l'attitude des deux jeunes. Louise et moi allons dîner chez notre ami Carlos. Nous y passerons sans doute aussi la nuit. Mikel, je préfère que tu restes ici. Ne laisse pas Inès seule, à moins que tu ne veuilles venir avec nous ? continue-t-il en direction de la jeune fille.

Louise et Iñaki n'ont peut-être pas eu d'enfant ensemble exceptée la petite Rita trop vite disparue, mais en fins psychologues, ils savent quand s'éclipser, se faire petits, discrets, lorsque la situation l'exige. Le dîner et la nuit chez Carlos ont été arrangés volontairement, à la va-vite, parce qu'ils ont jugé qu'Inès et Mikel avaient besoin de se retrouver, de se parler, plus longuement que le temps d'une promenade sur la plage et surtout sans témoins.

Machinalement, Inès allume la télé en se laissant choir dans le canapé. *Tele sur* apparaît. « Oh non pas encore ce truc », fait-elle, presque facétieuse. Mine de rien, ce sont ses premières paroles depuis la plage. Mikel s'en empare aussitôt pour lancer une nouvelle conversation.

– Pourquoi dis-tu ça ?

– Depuis que je suis arrivée, Iñaki est en boucle là-dessus… *Et la télé de Chávez par-ci, et la télé de Chávez par-là.* En plus je ne sais pas ce qu'il en pense. Bon c'est vrai, je ne le lui ai pas demandé. Mais quand il a quelque chose dans la tête… Oh ! je suis méchante, je dis ça alors qu'il m'accueille ici avec Louise, presque du jour au lendemain.

– C'est un têtu, confirme Mikel. J'ai une blague à son sujet… Il parle parfaitement le français, hein, tu l'as remarqué ? Mais il a plus de mal avec les noms propres, de villes par exemple, surtout les noms composés. Dans les premiers jours où je l'ai connu il y a trois ans, il me disait *ma femme est française, une Aubergnate de Clairon Fernand.* J'ai eu beau lui dire qu'on disait une Auvergnate, là il a admis, mais pas du premier coup, parfois mélanger les prononciations du V à la française ou à la castillane, mais pour la ville il n'en démordait pas. Clermont-Ferrand je lui assurais. Il me faisait rire. *Non, non... Clairon Fernand je t'assure. Tu me prends pour un pingouin?* qu'il répondait vexé, presque fâché. Et puis un jour, il avait dû demander à Louise entre-temps, juste avant de me la présenter, il me dit *au fait t'avais raison pour sa ville, c'est bien Clermont-Ferrand en Aubergne... Auvergne.*

– *Clairon Fernand...* en *Aubergne*, s'étrangle de rire Inès, s'affranchissant enfin de toute la tension accumulée. Et Fernand quand il pose son clairon il se fait des *auvergines*, ah, ah, ah...

Voilà Inès et Mikel partis dans un fou-rire aussi réparateur que salvateur comme cela ne leur était plus arrivé depuis des semaines et des semaines... S'arrêtant enfin, leurs yeux plus profondément ancrés les uns aux autres que jamais, Inès attire maintenant Mikel à elle, à sa bouche. Ils s'embrassent puis font l'amour, tendrement d'abord, sur le vieux canapé en velours marron, plus fougueusement ensuite, dans la chambre de Louise et Iñaki, pendant une bonne partie de la nuit.

Le lendemain matin, dès le lever du soleil, de peur d'y être surpris par leurs hôtes, Inès et Mikel quittent en sursaut ce lit et cette chambre, pourtant théâtre de leur fragile réconciliation. Inès s'attarde néanmoins sur le mur latéral, contre lequel s'appuie une petite table avec un ordinateur. Il y a là quelques photos, coupures de journaux et, sous verre, un texte qu'elle ne comprend pas.

– C'est de l'*euskara*, l'informe Mikel.

– Je m'en doute, et de quoi ça parle? questionne-t-elle.

– *Nire Aitaren Etxea*, c'est un poème de Gabriel Aresti, qui signifie *la maison de mon père*.

Mikel lit d'abord le texte en version originale, qu'Inès semble trouver mélodieuse, puis assure la traduction juste après, y ajoutant son interprétation.

– On peut y voir une métaphore. La maison de son père c'est l'*Euskadi*. Et quand il conclut, *Moi je mourrai, mon âme se perdra, ma famille se perdra, mais la maison de mon père demeurera debout*, on peut imaginer qu'il veut dire que l'*Euskadi* vivra libre et qu'après nous, d'autres se battront pour ça.

– Merci, c'est bien ce que j'ai cru comprendre, s'offense Inès, vexée que Mikel ait pu croire qu'elle ne saisirait pas seule le sens de la métaphore. Et ça date de quand ?

– Je ne sais pas mais ce n'est sans doute pas très ancien. Iñaki connaissait bien Aresti je crois.

– Puisque tu en es à ma formation *etarra*, continue Inès ironique, qu'est ce que signifie le « 4+3=1 » inscrit sur le drapeau au-dessus de la télé ?

– Ça, c'est notre revendication résumée en une addition : les quatre provinces du sud(29) additionnées aux trois du nord(30), égal notre nation, l'*Euskadi*.

Finalement ce n'est qu'en toute fin de matinée que Louise et Iñaki regagnent leur domicile un brin inquiets.

29- Biscaye, Guipúzcoa, Alava et Navarre au sud des Pyrénées, côté espagnol donc.

30- Labourd, Basse Navarre et Soule au nord, côté français.

Comment vont-ils retrouver leurs jeunes invités ? À leurs sourires, ils comprennent tout de suite que la situation s'est apaisée. Rapidement pourtant, Iñaki donne l'impression de se renfrogner. Il allume la télévision, sur *Tele Sur* évidemment, ce qui tire un clin d'œil et un sourire complices entre Inès et Mikel, mais il zappe aussi machinalement que nerveusement sur les chaînes d'infos en continu espagnoles ou françaises. À peine cinq minutes plus tard, il finit par couper le son, de toute façon il connaît déjà la nouvelle. Et il n'est pas pressé d'entendre les commentaires et discours d'autosatisfaction des autorités de l'un ou l'autre de ces pays.

Iñaki baragouine quelques mots en se redressant sur sa canne. Mikel interroge Louise du regard dont la moue n'apporte pas la réponse qu'il espérait. Alors, il se lance :

– Quelque chose ne va pas, Martiko ?

– Ils n'en finiront donc jamais de nous harceler, grogne Iñaki.

– Mais que se passe-t-il ? reprend Mikel plus insistant.

Et Irazustabarrena de lui apprendre la nouvelle qui lui est parvenue ce matin. Iker Redondo a été arrêté alors qu'il regagnait son domicile de Morcenx dans les Landes. Accusé d'être le chef logistique d'ETA, le bandeau déroulant de la chaîne dont il a conservé l'image annonce qu'il est également « très fortement suspecté d'être l'auteur, *en mai dernier, des tirs visant Casimiro Pozuelo, un tranquille ressortissant espagnol vivant en France depuis de nombreuses années* ».

– Mais ce n'est pas…, bondit Mikel avant de s'interrompre un bref instant, comme gêné par son emportement. Ce n'est pas… lui, termine-t-il sur un ton beaucoup plus bas.

Même si Inès connaît désormais la vérité, Mikel est visiblement toujours très embarrassé avec. Quant à Louise et Iñaki, ils n'osent intervenir ne sachant pas ce que chacun des deux jeunes a bien voulu expliquer à l'autre la nuit dernière. Inès, met tout le monde un peu plus à l'aise :

– Bah non puisque c'est toi, affirme-t-elle tranquillement, presque détachée, en direction de son compagnon.

– On ne peut pas accuser Redondo de ça, s'emporte Mikel quelque peu soulagé d'être ainsi visiblement dégagé de la rancœur d'Inès. Je vais aller me dénon…

– Tu ne vas rien faire du tout, le coupe Iñaki. C'est une manœuvre des flics. Ils chargent le bourricot pour lui faire peur et l'obliger à parler, à balancer, puis ils finissent par se contenter de ce qu'ils ont réellement. Iker est un con mais il ne balancera personne. Tu n'as rien à craindre Mikel. De toute façon, personne ne sait que c'est toi qui… qui a fait le coup. Mais je t'avais dit que ce n'était pas le bon moment, que tu allais foutre le bordel. ETA n'aime pas les loups solitaires qui agissent sans son aval et c'est normal. Tout doit être réfléchi, construit. On fait de la politique, merde !

– Raison de plus pour que je ne laisse pas Redondo être accu…

– Il a sûrement un alibi en béton, ne t'en fais pas pour lui. Ce qui m'embête le plus c'est ce signal que nous envoient Zapatero et Villepin[31], alors que l'organisation a décrété une trêve. Eux, remettent de l'huile sur le feu. Enfin, si ça pouvait seulement infléchir la position du Comité exécutif d'ETA…

Se tournant brusquement vers Inès, Martiko s'excuse de s'être un peu emporté, d'avoir parlé comme si elle n'était pas là, comme si, surtout, on ne parlait pas de son grand-père.

– Il n'y a pas de mal, le dédouane la jeune fille. D'abord, si vous êtes tous certains que mon grand-père a été un galeux, je comprends… enfin, j'imagine que vous avez fait ce que vous pensiez bon.

– Mikel en est certain. Mais c'était de toute façon à l'organisation de décider s'il était bon de… désolé de te parler si crûment, de le supprimer et surtout du moment le plus opportun. Et là, Mikel s'est trompé.

– Je suis désolé, bafouille Mikel. J'ai très mal agi. Avec l'organisation et surtout avec toi Inès. J'étais aveuglé par ma colère. Mon père m'a tellement manqué, j'avais tellement besoin de lui… Je sais que ce n'est pas suffisant mais je m'excuse. Sincèrement.

– Bon, ça va. De toute façon tu as raté mon grand-père, glisse Inès arrangeante et d'un calme qui fait presque froid dans le dos. Je crois qu'il me faudra plus de temps pour pardonner ta trahison envers moi, pour m'avoir utilisée.

31- Respectivement président du gouvernement espagnol et premier ministre français à l'été 2005.

D'un léger hochement de tête, Mikel Ekiza signifie qu'il comprend le message d'Inès. Ses agissements inconsidérés lui reviennent comme un boomerang. L'énorme pression semble désormais s'être déplacée des épaules d'Inès vers les siennes. Il baisse le regard, balbutie un « pardon » à peine audible puis renifle et laisse enfin tomber quelques larmes. C'est son tour.

16

La photo

Tandis que Mikel a regagné Caracas dans la soirée, Inès s'est offert une nouvelle flânerie du côté de la marina de Caraballeda. Elle apprécie ce petit coin peuplé et vivant où l'on peut aussi bien déguster un punch ou une Polar(32) bien fraîche, qu'un café, à condition de l'aimer très corsé. À la terrasse d'un bar encore tranquille à cette heure-ci, une rapide conversation par Skype avec Amaia lui apprend que son amie est allée voir son grand-père, lui confirme que celui-ci va de mieux en mieux et aussi qu'un flic a demandé après elle à l'hôpital. À sa description, après avoir un bref

32- Bière vénézuélienne typique.

instant espéré – elle se demande pourquoi – qu'il s'agissait du lieutenant Darmon, elle comprend que c'est encore le commissaire Chaloyard qui se trouvait là. « Je lui ai dit que je ne savais pas où tu étais ni quand tu réapparaîtrais, explique Amaia, mais il n'a pas eu l'air de me croire et il n'était pas du tout sympa même si ta grand-mère n'avait pas l'air de mon avis. D'ailleurs, elle aussi aimerait bien savoir où tu te trouves. Pourquoi ne pas le lui avoir dit ? Ah oui, le flic m'a également demandé si je connaissais Mikel. Je n'ai pas osé dire que non parce que je pense qu'il avait déjà la réponse, mais je suis restée la plus évasive possible ».

Cette omniprésence de Chaloyard dans la vie de la famille Pozuelo ne laisse pas de surprendre Inès. Passe encore qu'il se trouve souvent à l'hôpital, mais qu'il pose des questions sur elle, sur Mikel, et surtout qu'il ait « visité » leur domicile, cela fait beaucoup de bizarreries accumulées à son goût, même pour un flic qui enquête.

Sur le chemin du retour, Inès pense à informer Louise et Iñaki de son départ d'ici un ou deux jours. Non qu'elle compte rentrer immédiatement en France – son vol retour n'est annoncé que pour dans quatre-vingt-seize heures – mais parce qu'elle imagine qu'elle s'est assez imposée chez eux. Bien sûr, elle sait qu'ils lui affirmeront le contraire – ils sont tellement gentils, se dit-elle. Mais Inès aimerait aussi profiter de ces derniers jours pour retrouver vraiment Mikel, rattraper le temps perdu, vérifier surtout si elle est encore bien certaine de ses sentiments pour lui. Ces dernières heures l'ont rassurées même si elle a conscience de ne pas, à dessein, lui avoir montré les siens.

– Bien sûr Inès, nous comprenons.

Comme elle l'avait imaginé, Louise et Iñaki s'avèrent parfaitement compréhensifs vis-à-vis de sa décision. Et si leur porte lui reste grande ouverte, Inès est encouragée à profiter de ses derniers jours pour retrouver Mikel. « Nous te conduirons chez lui. », a même proposé Louise.

À l'entame du trajet que Louise a choisi d'emprunter par les routes montagneuses du parc national El Ávila, Iñaki se tourne vers Inès. En inlassable militant, sûr de sa cause, il croit bon de lui préciser un peu plus ce qu'a été le combat de presque toute sa vie, celui dans lequel semblait s'engager également Andoni.

– Notre lutte est d'abord née en réaction à une dictature fasciste, celle de Franco. Nous avons été les premiers et les plus nombreux à nous lever contre ça. Puis à la mort de cette ordure nous avons réclamé notre indépendance au nouveau gouvernement que nous croyions être démocratique, plus convaincus que jamais que nous pourrions l'obtenir. Le peuple basque avait rejeté la nouvelle constitution espagnole de 1978, cela nous semblait d'autant plus légitime. Mais au lieu de ça, Madrid s'est braqué contre nous. Nous étions pourtant prêts à déposer les armes en cas d'organisation d'un référendum sur l'autodétermination. Nous étions les vrais démocrates ; nous, nous n'avions pas peur du résultat des urnes, contrairement à Madrid qui a dès lors intensifié la répression. Alors, c'est vrai, face à ce déni de démocratie, nous avons repris la lutte armée plus activement encore. L'Algérie avait montré, seize ans auparavant, que c'était finalement la seule voie pour être écouté et entendu par son colonisateur. Et de démocratie en Espagne, il n'en était en réalité toujours pas question, ce qui animait notre ressentiment, notre haine, notamment pour la génération qui arrivait, celle de ton père Inès. Difficile de réagir autrement quand tes amis, ton frère, ta mère, ta petite amie sont torturés ou violés impunément dans les casernes de la Garde civile; quand tu n'as pu voir ton père pendant des années qu'à travers les barreaux du parloir de sa prison… Tu comprends?

– Oui Iñaki, je commence à comprendre toutes ces choses que d'ailleurs Pantxika ou votre ami Aritz Larranaga ont déjà tenté de m'expliquer et qui me sont passées au-dessus toutes ces années. Malgré tout mes grands-parents ne m'ont jamais évoqué avec haine le mouvement indépendantiste, en fait ils ne m'en ont jamais vraiment parlé. Quand je le questionnais parfois, mon grand-père se contentait de répondre qu'il était Espagnol, que l'Espagne devait rester une avec ses diversités mais ça n'allait pas plus loin. Je me suis toujours sentie Française, Espagnole avec du sang basque pour faire le lien entre les deux, ce que ne comprend pas toujours Mikel.

– Il est parfois un peu excessif, c'est vrai. Mais on peut parfaitement se réclamer des trois nationalités, Inès. Ce n'est pas un problème. En revanche, nous voulons avoir le choix de les garder toutes ou de n'en conserver qu'une seule ; et que notre pays et son peuple se développent comme bon leur semble.

– J'ai cru comprendre que vous aviez renoncé à la lutte armée. C'est à cause de vos blessures ou parce que votre combat n'en vaut plus la peine ?

Louise connaît la réponse. Elle comprend l'hésitation d'Iñaki à la donner et délaisse un instant son attention à la route pour se tourner vers lui afin de l'encourager à s'exprimer. L'air mélancolique, le regard perdu au-delà de la lunette arrière du véhicule sur les automobilistes qui les suivent, Iñaki prend une profonde inspiration en levant les yeux au plafond. Puis, se redressant dans le siège passager de la voiture, il replonge ses yeux dans ceux de la jeune fille, assise derrière lui.

– Certainement pas parce qu'il n'en vaut plus la peine, reprend-il d'un ton toujours aussi assuré. Vois-tu, j'ai habité quinze ans dans le Petit-Bayonne, tu connais ? Les galeux ont tué plusieurs d'entre nous, des amis parfois, au milieu des années 1980, mais ils tiraient sur tout le monde sans distinction, dans la rue, dans des bars. Ils ont ainsi descendu un de mes amis qui n'était ni un *etarra* ni même un *abertzale*(33). Il est mort dans mes bras. Mais… comment dire, les temps ont changé. La conscience nationale basque s'est forgée dans la lutte contre Franco. Même de nombreux Espagnols étaient prêts à soutenir nos revendications. Mais la « démocratie » est restée

33- Patriote basque.

intransigeante, y compris et surtout après l'arrivée des « socialistes » au pouvoir. Nous avons intensifié nos actions, sans comprendre immédiatement que nous étions pris dans un engrenage. Et les attentats aveugles se sont fatalement retournés contre nous. Nous avons perdu de nombreux soutiens, y compris en *Euskadi*. Le camp abertzale nous a lâché peu à peu en se renforçant de son côté. Au début j'ai pensé qu'il nous trahissait, qu'il négociait avec Madrid pour des strapontins, pour une vague autonomie, ce qui était d'ailleurs largement vrai, en tout cas pour certains.

– Mais alors ?

– Le problème, c'est que nos actions armées servaient aussi, de plus en plus, le pouvoir espagnol. Avec l'espèce de label démocratique qu'il s'était auto-attribué, malgré la pratique encore courante de la torture, j'insiste, il nous a un peu plus isolé. Même nos soutiens internationaux devenaient moins flagrants, moins actifs. De son côté, la population espagnole serrait les coudes avec ses gouvernements successifs qui n'hésitaient pas à nous caricaturer dans leurs appareils de propagande et tout ce beau monde recevait l'appui de l'Europe, de la France en particulier, qui n'avaient d'yeux que pour la « jeune démocratie espagnole ». Tout ce dont nous avions bénéficié, tout ce capital sympathie, profitait maintenant à Madrid qui l'a transformé en arme contre nous.

– Mais quand même, vous avez tué des innocents Iñaki…

– C'est vrai, mais la guerre produit ce genre de drames. Il y en a eu des deux côtés, je te l'ai déjà dit. On peut le déplorer, mais c'est ainsi.

– Vous ne prônez plus la lutte armée par repentir ?

– Pas par repentir mais pour tout ce que je viens de te dire. Pourtant, d'autres au pays, continuent, ne veulent pas déposer les armes. Or, je suis aujourd'hui convaincu que Madrid se sert d'eux. L'Espagne a intérêt à pourrir l'atmosphère, à envenimer la situation. Les attentats, la répression qui s'ensuit, tout ça lui sert à maintenir une espèce de concorde nationale et à faire diversion sur les graves problèmes économiques du pays. Madrid n'a finalement aucun intérêt à ce que ça s'arrête. Châtier, punir, c'est plus facile que négocier une solution politique. La nouvelle direction d'ETA ne veut pas comprendre ça et tombe dans le piège de la violence. C'est pour ça que ce qu'a fait Mikel à ton grand-père, alors qu'une trêve était enfin annoncée, est très mal venu. Il n'a pas assez réfléchi. La haine est très mauvaise conseillère...

Le ton parfois enlevé, véhément, passionné, fait à présent place à un peu plus de douceur, de pédagogie.

– Mais c'est un bon petit, Mikel, je l'aime bien. Il me fait penser à son père et même au tien, Inès. Je n'ai discuté avec lui qu'une heure mais il m'a fait la même impression que Mikel lorsque je l'ai vu la première fois, ici, à Caracas, en 2002. Et je trouve que vous allez bien ensemble. Toi, si douce et si posée, je suis certain que tu saurais le canaliser... Mais je me mêle de ce qui ne me regarde pas bien sûr...

Cette double évocation de son père et de son couple naissant mais déjà branlant, tire un sourire à Inès qui tente de le masquer en prétextant avoir besoin de faire une petite pause pour satisfaire des besoins naturels tandis qu'ils s'approchent de l'hacienda *Vieja Posada*, une auberge bien connue du parc, à mi-chemin de la côte et de Caracas. Louise, qui s'en est malgré tout rendu compte, lui adresse un clin d'œil de connivence dans le rétroviseur tout en posant sa main sur le genou d'Iñaki.

Mikel n'avait jamais autant fait de ménage depuis son installation dans cette grande chambre de la rue Vargas. Située à deux pas de l'université où il avait étudié lors de son premier exil en 2002, c'est naturellement ici qu'il est revenu s'installer au lendemain de sa tentative d'homicide contre Casimiro Pozuelo. Simple mais très fonctionnel, le logement affiche également l'avantage d'avoir un accès direct, sans passer par le séjour du propriétaire, Philippe Lastaola, un réfugié basque de nationalité française, ancien militant d'Iparretarrak (IK)(34), en fuite depuis qu'il est recherché pour « participation à une entreprise terroriste », la fameuse « nuit bleue d'IK » en mars 1981. Si Lastaola est aujourd'hui rangé de ces affaires-là et qu'il tient un restaurant prospère, le *Biriatu*, au nom de sa femme sur le boulevard Sabana Grande, il ne refuse jamais d'aider d'autres militants de la même cause que la sienne naguère.

34- Fondé dans les années 1970, ce mouvement indépendantiste était un peu le pendant côté français d'ETA.

Ami de longue date d'Iñaki Irrazustabarrena, c'est ainsi que Lastaola a aussitôt proposé de loger Mikel il y a trois ans et de nouveau depuis deux mois contre quelques heures de service au *Biriatu*.

Aujourd'hui Mikel ne travaille pas. Ni demain. Il attend Inès avec impatience, bien décidé à tout mettre en œuvre pour la reconquérir, lui faire oublier autant que possible son geste à l'encontre de son grand-père même s'il considère toujours qu'il n'avait, de son point de vue, pas d'autre choix.

Embourbés dans les monstrueux embouteillages de Caracas, même en cette fin de matinée, ce n'est que trois heures après leur départ de Caraballeda que Louise et Iñaki déposent Inès rue Vargas avant de poursuivre leur route en direction de la maison d'un couple d'amis un peu plus au sud. La jeune fille les remercie encore pour leur hospitalité et rendez-vous est pris pour un dernier déjeuner ensemble juste avant son retour en France.

Mikel est venu l'accueillir sur le trottoir sitôt après avoir remarqué par la fenêtre la voiture réparée de Louise et Iñaki qui s'arrêtait. À son sourire un peu contrit, Inès imagine que Mikel s'en veut toujours de lui avoir témoigné aussi peu de confiance et en même temps cette attitude la rassure. Il a vraiment l'air de regretter. De son côté, si Mikel se sent encore si penaud, il sait que rien n'est perdu avec Inès et interprète sa présence comme une seconde chance qu'il entend bien saisir. « Je suis content que tu aies accepté de venir quelques jours chez moi avant de repartir », avance-t-il comme s'il marchait sur des œufs. Inès sourit pour toute réponse, ce qui suffit à Mikel dans l'immédiat. Pendant les deux jours et demi qui suivent, jamais ils n'évoqueront le grand-père d'Inès. C'est comme s'ils avaient tacitement décidé d'un pacte de non-agression réciproque. De fait, c'est en jeune couple de vacanciers classique qu'ils vont passer ces quelques jours : la journée dans les quartiers les plus touristiques de la capitale vénézuélienne comme la place Bolivar au centre ou le Paseo de Los Proceres plus au sud puis, le soir venu, à profiter des charmes et de l'animation des nuits *caraqueñas*[35] bien mieux connues encore de Mikel, surtout autour de la place Altamira. Mais c'est au cours de leurs ébats amoureux, tout en douceur et en harmonie, qu'ils vont le plus parfaitement se rendre compte de leur complicité totale retrouvée voire accentuée, se persuade Mikel.

Le matin de leur dernier jour, Philippe Lastaola les réveille en démarrant sa vieille Harley Davidson bien plus tôt qu'à l'accoutumée, affluence prévue au *Biriatu* oblige. C'est d'ailleurs pour cette raison que le restaurateur français n'a pu accorder un jour de congé supplémentaire à son jeune employé clandestin. Après une nuit très courte commencée au *El Mani*, une boîte branchée de la capitale, et terminée sur le matelas de la chambre de Mikel inopinément débarrassé du drap-housse roulé à leurs pieds, la séparation toute proche semble difficile à chacun même si aucun n'ose l'avouer à l'autre. La veille, Mikel a promis à

35- Caraqueño(a) : habitant(e) de Caracas.

Inès de l'accompagner avant de prendre son service jusqu'au téléphérique qui permet, depuis Caracas, en traversant le parc El Ávila de rejoindre la côte caraïbe à Macuto où Louise et Iñaki attendent la jeune fille. À l'instant de se séparer, c'est encore lui qui entame la discussion :

– Ma petite princesse, tu peux pas savoir comme je suis heureux de ces moments que nous venons de passer. Jamais je n'aurais dû... (il hésite) Enfin... jamais je n'aurais dû te faire subir tout ça. Tu n'imagines pas comme je m'en veux aujourd'hui pour ton grand-père, il...

– Chut ! le coupe Inès d'une voix sucrée et tendre. Je sais...

– Tu ne m'en veux plus ?

– Disons que je t'en voudrai moins si tu as raison et je n'en suis pas encore totalement persuadée. Je verrai ça avec lui. Mais il est peut-être temps de penser à nous, non ?

– Tu es merveilleuse, reprend Mikel en l'enlaçant avant d'ajouter le plus naturellement du monde, les yeux dans les yeux et ses mains enserrant le visage d'Inès, je t'adore, non je t'aime.

– Quand reviendras-tu ?

– Le plus vite possible. Je ne peux plus me passer de toi. Je l'ai compris depuis quelques mois. Avant même mon... geste. Alors même si je dois rentrer clandestinement, je vais revenir vite. Si je trouve un travail en France, voudras-tu venir vivre avec moi ?

– Et mes études ?

– Tu les continues bien sûr. On se débrouillera.

– Alors je suis d'accord et je crois que ton retour peut s'arranger vite. Il ne me semble pas que tu sois recherché. C'est un flic qui me l'a dit.

– Un flic ?

– Oui, un lieutenant je crois. Les flics savent que tu es au Venezuela, c'est aussi pour ça que je suis venue jusqu'ici, pour essayer de te retrouver même si je ne pensais pas que ça se ferait aussi facilement. Te retrouver et en apprendre plus sur celui qui a tué mon père… et le tien, donc. Tout n'a pas été gai durant ce séjour mais il était temps que j'atterrisse enfin sur terre au lieu de planer au-dessus comme je le faisais depuis ma naissance.

– Mais ce flic, comment dire, t'est sûre de lui ?

– Il n'est pas chiant, pas celui-là. J'ai plus de doute sur un autre, un vieux, mais lui, ça va. Je crois qu'il me kiffe.

– Ah ouais ?

– Ne te fâche pas mon loulou, ça m'a permis d'obtenir les renseignements que le vieux tardait un peu trop à nous donner à ma grand-mère et moi. Et c'est finalement un peu grâce à lui que je suis arrivée jusqu'ici, alors…

– C'est juste que je me méfie d'eux. Il n'est pas des RG[36] au moins ?

– Les RG ?

36- La Direction centrale des Renseignements généraux (DCRG), communément appelée les RG, est l'ancêtre de la Direction générale de la sécurité intérieure (DGSI) apparue en 2014 en remplacement de la Direction centrale du renseignement intérieur (DCRI) qui avait elle-même succédé à la DCRG en 2008.

– Les Renseignements généraux. C'est la police politique française. En Espagne il y a le CNI[37], en France, les RG.

– Je ne pense pas, c'est un petit flic de Nœux-les-Mines je crois, qui vient d'arriver au commissariat de Bayonne.

– Ben dis donc, t'en connais des choses sur lui, finit par sourire Mikel. Bon, méfie-toi quand même.

Le téléphérique s'ébranle en direction du parc El Ávila. À travers la vitre, Inès croit distinguer Mikel s'essuyant une larme. Elle-même se retient de le faire, laissant deux grosses perles couler le long de ses joues. Dans un mélange de bonheur, de tristesse, de mélancolie, elle sourit.

Un gros quart d'heure plus tard, ce sont d'autres sourires qui attendent Inès. Comme prévu, Louise et Iñaki sont là pour l'accueillir et l'emmener à l'aéroport. Mais en attendant son vol, c'est dans un petit restaurant amérindien de leur connaissance près de la plage de Macuto qu'ils l'invitent à passer ses derniers instants au pays de Bolívar. Sous les canisses tendues au-dessus de la terrasse, entre un succulent *Pabellón criollo* et le dessert qui tarde à arriver, Martiko, comme pour achever de convaincre Inès de l'arrogance des commandos du GAL agissant en toute impunité dans l'ombre du pouvoir, tend une coupure de presse à la jeune fille et surtout une photo dont il espère secrètement qu'elle suscitera une réaction en elle.

37- *Centro Nacional de Inteligencia* (Centre national du renseignement).

– Tu lis le castillan, n'est-ce pas ? demande-t-il. Voici une interview de Jesús Acedez le chef opérationnel du GAL, parue dans *El País* peu avant son procès. Tu liras comme c'est écœurant. Ce sont ces gens qui ont tué ton papa. Et si ce n'avait pas été ton grand-père, un autre l'aurait fait.

– Iñaki ! intervient Louise. Tu ne vas pas remettre ça. Arrête de la torturer.

– Et voici cette ordure d'Acedez flanqué de Miguel Domingo, son complice, dans une boîte de Madrid, reprend Irazustabarrena l'index pointant un personnage sur un cliché Polaroïd un peu jauni, sans tenir compte de l'intervention de sa compagne.

– Iñaki ! reprend celle-ci plus virulemment.

– Ça va Louise, s'immisce Inès. Laissez. J'apprends. J'ai besoin de tout savoir, même si ça fait mal.

– Ces salauds fêtent leur opération contre nous. Ton père, celui de Mikel, Bixintxo et moi, poursuit Iñaki. La photo a été prise en double exemplaire, le deuxième à leur insu, par une prostituée. Elle a donné le premier aux galeux et l'autre, plus tard, à l'un de nos camarades à Madrid, dégoûtée par l'attitude de ces ordures. Je l'ai conservée jusqu'à présent, pour ne pas oublier. Garde ces documents Inès, ils sont pour toi maintenant.

Dans un peu moins de deux heures Inès embarquera pour Paris à bord du vol direct de 16 h 15, heure locale. Au dépose-minute de l'aéroport elle embrasse Louise et Iñaki qui l'étreignent chaleureusement quand elle ressort de son sac le cliché Polaroïd, comme si quelque chose la turlupinait soudainement.

– Qui est-ce, là ? demande-t-elle à Martiko en désignant un troisième homme se tenant assis de trois-quarts arrière, torse nu, les bras tendus le long du corps et les mains reposant à plat sur une table.

– Dolores, la prostituée, a parlé d'un troisième galeux, indique Iñaki. Mais elle n'a pas prêté attention à son visage ni à son nom, il se faisait très discret. Elle a parlé de quelqu'un qui ne voulait surtout pas apparaître sur la photo. Pourquoi demandes-tu ça ?

– Je ne sais pas... Quelque chose de cette silhouette me rappelle quelqu'un.

– Ton grand-père ?

L'absence de réponse d'Inès, visiblement troublée, ne prouve pas que Martiko ait vu juste, mais la réaction de la jeune fille lui indique qu'il a sans doute bien fait de lui donner ce cliché. Il lui sera assurément plus utile qu'à lui désormais.

17

Nouvelle piste

Le professeur Aubert est de plus en plus rassurant. S'il n'est pas encore question que Casimiro Pozuelo quitte l'hôpital, il semble pratiquement tiré d'affaire. Seule la lourde opération de chirurgie esthétique qu'il doit encore subir la semaine prochaine afin de reconstruire son visage est susceptible de poser problème à un homme dont le cœur s'est considérablement affaibli. Or cette dernière intervention de plusieurs heures précédée d'une anesthésie générale, le sollicitera énormément. C'est le prix à payer pour effacer les stigmates de la balle qui lui a traversé et, en partie, éclaté la joue et la mâchoire au niveau de l'os zygomatique. S'il peut parler, très faiblement, en ne remuant que les lèvres, il ne peut pas encore s'alimenter autrement que par perfusion de glucose et sonde gastrique. Son état global, bien que s'améliorant, demeure donc instable. D'où les ultimes inquiétudes qui tourmentent encore le professeur Aubert, bien qu'il n'en fasse pas état à Jocelyne. Celle-ci paraît d'ailleurs bien assez préoccupée comme ça. Voire agacée. Non pas tant par le mutisme dont sa petite-fille a fait preuve à propos de son départ pour le Venezuela que pour les raisons qui l'ont poussée à s'y rendre et dont Jocelyne Delors-Pozuelo semble avoir eu connaissance. Que va-t-elle bien chercher là-bas ; quelles réponses à quelles questions ? s'est d'abord demandé Jocelyne. Quelle merde va-t-elle donc remuer ? a-t-elle même fini par s'énerver.

Chaque fois que s'ouvrent les portes vitrées coulissantes de la salle de débarquement du terminal 2E de l'aéroport Roissy Charles-de-Gaulle, Amaia se dresse sur la pointe des pieds pour tenter d'apercevoir, par-dessus la foule, Inès de retour de Caracas. Mais plus le temps passe, plus la foule est clairsemée et Amaia fini par se trouver seule devant ces portes vitrées qui ne coulissent même plus faute de passagers. Elle pense d'abord avoir manqué son amie mais celle-ci lui aurait envoyé un texto pour lui signaler qu'elle ne l'avait pas trouvée à l'endroit prévu. Alors c'est peut-être qu'Inès a manqué son vol et Amaia d'aller à la pêche à cette information.

En réalité, Inès a été cueillie par la Police aux frontières (PAF), sitôt sa valise vert-pomme récupérée. Deux policiers en tenue, un homme et une femme, lui ont d'abord demandé si elle avait quelque chose à déclarer. Classique. Bien que sa réponse fût négative, ils l'ont ensuite « invitée », comme on dit en langage diplomatique, à les suivre sans fournir la moindre précision ou explication. C'est bien ma veine, a aussitôt pensé Inès s'imaginant devoir satisfaire à un contrôle pointilleux de bagage.

Dans une petite salle sans fenêtre, aux murs blancs immaculés et seulement pourvue d'une grande table et d'une chaise en métal gris, les deux policiers procèdent en effet à la fouille de sa valise. L'étalage de ses sous-vêtements sur la table amuse plus Inès qu'il ne la met mal à l'aise. Elle s'imagine déjà le flic fantasmer à la vue de ses strings. Mais la suite est nettement moins plaisante. Pendant que l'homme sort de la salle et qu'elle commence à rassembler ses affaires, la femme flic lui intime de se déshabiller. Le regard froid renforcé par ses yeux couleur bleu iceberg, la mâchoire aussi serrée que carrée, enfermée dans son uniforme strict elle ne laisse décidément paraître aucune empathie. Lorsqu'Inès, quelques secondes plus tard, se retrouve devant elle uniquement vêtue d'un large t-shirt blanc, à manches courtes et au col évasé recouvrant son slip brésilien, l'autre fronce les sourcils :

– T-shirt, fait-elle sèchement, geste à l'appui.

– Mais je ne porte pas de soutien-gorge, se défend Inès.

– Eh ben comme ça, on gagnera du temps. Je veux que vous enleviez tout.

– Même mon slip ? s'étonne Inès.

– Tout !

– Mais enfin, qu'est-ce que vous cherchez, qu'est-ce que vous voulez ?

– Tout ! insiste la flic, sans se soucier du questionnement de sa proie.

Rageusement, Inès quitte ses derniers vêtements. Nue comme le nouveau-né, elle protège son intimité en cachant ses seins et son pubis de ses mains alors que son inquisitrice s'approche d'elle, enfilant une paire de gants en latex. « Pas d'allergie ? », interroge-t-elle en montrant et agitant ses dix doigts recouverts comme si elle agitait des marionnettes encaoutchoutées. Inès saisit alors ce qui l'attend. Cette guignol a l'intention de procéder à une fouille approfondie de son corps. Elle s'insurge.

– Vous n'avez pas le droit ! Seul un médecin assermenté peut le faire.

– Vous êtes bien renseignée pour quelqu'un qui prétend n'avoir rien à se reprocher. Ne vous inquiétez pas, le médecin arrive. Je n'avais pas l'intention de faire ça moi-même.

Rassurée par le ton légèrement attiédi de la flic, Inès ne lui en veut déjà presque plus de lui avoir laissé imaginer, même un bref instant, qu'elle-même se chargerait de la fouille de son corps. L'intérieur de son corps. Avec le recul, peut-être l'aurait-elle préféré finalement.

Une heure et demi et un coup de fil plus tard, de l'autre côté des portes vitrées coulissantes, c'est les yeux encore rouges et humides qu'Inès retrouve enfin Amaia, son amie, sa sœurette. Pourtant seulement quelques mètres derrière elle, elle a l'impression de s'être évadée des geôles d'une dictature ou bien de se réveiller d'un cauchemar pire que celui de sa noyade. Toutefois, c'est regonflée à bloc qu'elle raconte à Amaia son aussi pénible que surprenant retour en France. En France ? Elle peine soudain à reconnaître ce pays qu'on lui dépeint à longueur de cours d'histoire depuis son enfance. Elle raconte à Amaia les humiliants touchers rectal et vaginal pratiqués par un médecin, un homme, en présence de cette policière que cela semblait tant amuser (pas si attiédie que ça la perverse, s'est offusquée Inès) ; et puis elle raconte surtout l'interrogatoire qui a suivi.

Dans une salle plus grande que la première, disposant d'un miroir de deux mètres sur trois fixé à l'horizontale sur l'un des murs auquel elle faisait face, un troisième flic, en civil celui-ci, l'a cuisinée une heure durant. Poli et calme, il n'en était pas moins très intrusif et l'a bombardée de questions auxquelles elle ne s'était jamais imaginée devoir répondre un jour. De son voyage, il voulait en connaître les raisons, ce qu'elle y avait fait, où avait-elle logé, qui elle avait vu… Sa relation avec Mikel fit également l'objet de nombreuses questions, de plus en plus personnelles. Sur elle-même enfin, le flic l'interrogea longuement aussi. Aux questions bateau et anodines qu'elle devinait posées pour l'amadouer et lui faire baisser sa garde, en succédaient d'autres du type « êtes-vous membre ou sympathisante d'une organisation anarchiste ou d'extrême-gauche ? » pour finalement arriver à la variante locale, celle qui le tarabustait sans doute le plus, « êtes-vous membre ou sympathisante d'ETA ou d'Iparretarrak ? ».

En racontant ce pénible moment à son amie, Inès se rend compte qu'elle a toujours l'impression de parler d'elle-même comme d'une autre personne, comme si c'était une étrangère ou au mieux son propre double, qui avait subi ces événements. Exactement comme lorsqu'on lui parle de son grand-père.

– Mais qu'as-tu répondu à tout ça ? semble s'alarmer Amaia.

– Je crois que je ne me suis pas laissée impressionner. Je n'ai quasiment rien raconté de mon voyage, surtout pas parlé d'Iñaki ni dis que j'y ai vu Mikel…

– Ah bon, tu l'as vu ? Là-bas ? coupe Amaia qui tombe des nues.

– Oui, je t'expliquerai. Quant au reste, bah ce n'était pas difficile de dire la vérité. Il y a trois mois, je n'aurais même pas compris la moitié des questions, de quoi on me parlait. J'te jure, j'avais l'impression que ce n'était pas à moi qu'il s'adressait ; pas à celle qu'il voulait en tout cas. Pourtant si, *Inès Pozuelo, 22 ans, née le 17 février 1983 à Bayonne*, il avait bien vérifié, j'étais sa bonne « cible ».

– Mais c'était qui ce flic ? Je veux dire, quel genre, de quel service quoi ?

– Je n'ai même pas retenu son nom, je me demande s'il me l'a donné. J'ai cru comprendre qu'il était de l'antiterrorisme, quelque chose comme ça, ce qui correspond à ses questions quand j'y repense.

– L'antiterrorisme ? Comme celui qui m'a aussi interrogé à ton sujet, le vieux, là... Comment tu l'appelles déjà lui ?

– Chaloyard. Ouais, comme lui. Tu vois un peu le tableau ? Nous, des terroristes avec des flics au cul, rigolent Inès et Amaia.

– Oh putain ! fait soudain la première, plus sérieuse, faisant sursauter son amie.

Inès fouille dans le fatras de son sac à main et en tire la photo Polaroïd que lui a donné Martiko. Avec l'appli « loupe » de son téléphone, elle l'observe plus en détail.

– Mais oui... Oui, c'est lui. Ça ne peut être que lui ! s'exclame-t-elle au bout de quelques secondes.

– Lui qui ? s'étonne ou s'inquiète Amaia.

– Regarde, ce mec de trois-quarts, là, montre Inès de son index. J'ai cru que sa silhouette me disait quelque chose mais ce n'est pas sa silhouette que j'ai reconnue.

Ce que désigne plus précisément Inès à sa copine, c'est la main de l'homme à plat sur la table puis le haut de son bras. Malgré la surexposition du cliché, avec la loupe on distingue nettement une chevalière à tête de lion à l'auriculaire gauche et un tatouage sur le haut du bras.

– Je suis sûre que c'est Chaloyard, reprend la jeune fille. C'est la même chevalière qu'il porte encore aujourd'hui, je la reconnaîtrais entre mille. Et ce tatouage, il l'a effacé mais c'est la même forme arrondie. Je l'ai vu en marcel quand je l'ai croisé dans le même hôtel que ma grand-mère à Bordeaux. Qu'est-ce que ça peut bien représenter ce tatouage, on en voit qu'une partie ? On dirait une croix celtique, non ? En tout cas, c'est lui, j'en suis certaine.

– Mais c'est quoi cette photo ? Avec qui est-il ? questionne Amaia qui, manquant d'éléments, ne peut pas encore saisir la portée de ce que croit avoir découvert Inès.

De longues minutes plus tard, alors que les deux jeunes filles sont sur la route, direction le domicile d'Inès, Amaia semble soufflée par les dernières confidences que vient de lui révéler sa sœurette.

– Chaloyard avec des galeux en train de fêter la mort de ton père et celui de Mikel ? Comment c'est possible ? C'est un flic, non ? Ou alors il ne l'était pas en 1985 ?

– Souviens-toi de ce que nous a dit ta mère, mais beaucoup d'autres me l'ont confirmé depuis, il y avait aussi des flics français parmi les galeux.

Tandis que la campagne valdoisienne grillée par le soleil d'été, défile à toute vitesse sous leurs yeux, Inès et Amaia tout à leurs pensées plongent dans un silence quasi sépulcral que peine à briser l'autoradio en sourdine. Cependant Inès, elle, paraît plus désorientée que jamais. Et si du coup, « Capo » c'était Chaloyard ? Tout juste convaincue de la culpabilité de son grand-père, elle ne sait si cette nouvelle possibilité la soulage. La voilà de nouveau errante dans l'océan de sa perplexité dont elle venait à peine de s'extirper.

18

« Papi, as-tu été un galeux ? »

Les deux nuits passées chez elle en compagnie d'Amaia ne sont pas de trop à Inès pour récupérer autant du décalage horaire que de ses émotions multiples et à rebondissements. Son amie est maintenant totalement dans la confidence, elle lui a tout raconté de son voyage. Du chaleureux accueil de Louise et Iñaki jusqu'aux révélations et informations fournies par ce dernier en passant par ses retrouvailles avec Mikel, d'abord froides puis beaucoup plus affectueuses après ses convaincantes justifications. Amaia n'a émis aucun avis à propos de cette réconciliation. Si Inès, qui ne le lui a d'ailleurs rien réclamé, juge qu'elle lui est bénéfique, c'est son affaire. D'autant qu'Inès a avoué avoir découvert son compagnon sous un jour qu'elle ne lui connaissait pas encore, celui-ci s'ouvrant à elle comme jamais.

C'est le 28 juillet que les deux complices reprennent la route pour le Sud-Ouest. Malgré ces quelques jours de réflexions, Inès n'est pas parvenue à comprendre le rôle de Chaloyard mais elle écarte à présent, au moins temporairement, la possibilité qu'il soit « Capo ». Sans pouvoir le disculper formellement, elle est surtout désormais persuadée qu'il s'agit de son grand-père ce qui innocente l'autre *de facto*. Elle en a trop appris à Caracas à son sujet, elle a elle-même amassé trop d'indices l'accusant pour qu'il en soit autrement. Néanmoins, elle aimerait malgré tout avoir maintenant la preuve irréfutable de la culpabilité de son grand-père. Dans l'idéal, par ses aveux ou alors par un témoignage. Son intention première est donc de pouvoir reparler au plus vite avec lui.

En chemin, alors qu'elles se sont arrêtées casser la croûte et se reposer sur l'aire de Coulombiers, au sud de Poitiers, quasi déserte en ce milieu de semaine, l'oreille d'Inès est attirée par une information que psalmodie l'autoradio au flash de 15 h.

« *À l'étranger, l'IRA*[38] *vient d'annoncer avoir ordonné formellement la fin de sa campagne armée. Cette décision prendra effet dans une heure juste, à 16 h, heure locale. Toutes les unités combattantes de l'IRA ont reçu l'ordre de déposer*

38- *Irish Republican Army*, Armée républicaine irlandaise, mouvement luttant par les armes contre la présence britannique en Irlande du Nord et pour le rattachement de celle-ci à la république d'Irlande (sud).

les armes et l'instruction de veiller au développement de programmes purement politiques et démocratiques par l'usage de moyens exclusivement pacifiques. « Nous croyons qu'il existe une voie alternative à la lutte armée pour atteindre nos objectifs », *ont notamment déclaré les dirigeants de l'IRA. Cette décision historique met fin à une orientation sanglante prise par les Républicains irlandais depuis plus de trente-cinq ans.* »

Il y a encore quelques semaines, Inès n'aurait prêté qu'une attention très discrète à cette information à propos d'un conflit qui, comme celui qui secoue le Pays basque, n'est pas encore au programme de son cursus universitaire. À présent les choses sont différentes. Elle a l'impression d'avoir vieilli de plusieurs années depuis la fin du printemps et les tirs essuyés par son grand-père. Cette nouvelle en provenance des dirigeants de l'IRA qui croient en une alternative à la lutte armée, fait en tout cas écho – elle s'en est immédiatement aperçue – au discours que lui a tenu quelques jours plus tôt Iñaki Irazustabarrena. Pour un peu, elle imaginerait presque que c'est lui qui a inspiré cette ligne aux Irlandais… à moins que ce ne soit eux qui la lui aient dictée même si, à y regarder de plus près, les situations ne sont pas tout à fait comparables. Mais Inès n'est pas encore assez aguerrie pour l'interpréter de la sorte. Et puis l'information lui a également tiré un petit sourire de plaisir en se remémorant l'histoire que lui a racontée Mikel durant leurs retrouvailles à Caracas. Lorsqu'il avait une quinzaine d'années, dans sa rue, à Pasajes, Mikel avait tagué une étoile sur la façade de cette société de distribution de crustacés, la SA Iraeta, au milieu de son nom, « typiquement basque » avait-il précisé. Ce qui avec l'étoile de Mikel l'avait transformé en ces deux acronymes distincts et pourtant si proches politiquement : IRA*ETA. Un tag qui, lors de son dernier passage chez lui, voilà plus de trois ans, n'était toujours pas effacé.

Sachant que sa grand-mère est présente aux côtés de son mari à l'hôpital Pellegrin, Inès hésite à s'y rendre dès son arrivée à Bordeaux. Elle ne veut pas lui imposer le spectacle de l'authentique interrogatoire qu'elle a l'intention de mener – puisque Casimiro semble en état de le subir, ce qu'a confirmé Jocelyne pendant le trajet. « Papou est presque en pleine forme. On ne dirait jamais qu'il était entre la vie et la mort avec deux balles dans le corps il y a tout juste deux mois », a-t-elle précisé par texto à sa petite-fille alors qu'Amaia prenait son tour de conduite après la pause près de Poitiers. Mais Inès fait montre d'une telle impatience qu'elle est prête à attendre la fin des heures de visite et le départ de sa grand-mère pour avoir une franche explication dès aujourd'hui avec son autre aïeul.

C'est vers 18 h qu'Amaia dépose Inès rue de Canolle, près de l'entrée des urgences, tandis qu'elle continue jusqu'à Talence, à l'appartement de Mikel, où les deux jeunes filles se retrouveront quand Inès en aura terminé. Depuis sa dernière visite, avant son départ pour le Venezuela, Casimiro Pozuelo a été transféré des urgences vers l'unité de soins intensifs qu'Inès peine un peu à trouver. En arrivant à sa nouvelle chambre, l'accueil par sa grand-mère lui semble glacial. Bien sûr, elle n'a pas les mots pour le lui signifier directement mais ses rides du lion très prononcées, son regard austère et son visage fermé en disent long. Quelle inquiétude traduisent-ils ? Casimiro rechuterait-il subitement ? Le sourire presque radieux de celui-ci apercevant sa petite-fille démontre que non. Alors quoi ? Qu'est-ce qui semble tant contrarier Jocelyne Delors-Pozuelo ? La réponse tombe à peine Inès se pose-t-elle la question. Dans son langage personnel, qu'elle seule et son grand-père savent interpréter, Jocelyne, tout en la secouant par le bras, exige de savoir ce qu'Inès est allée faire au Venezuela.

– Je n'ai pas envie de parler de ça maintenant Nanou, se défend Inès, complètement stupéfaite par l'attitude de sa grand-mère.

Et puis d'ailleurs, comme sait-elle qu'elle est allée au Venezuela ? Amaia seule était au courant et elle lui a certifié qu'elle ne l'avait révélé à personne. Les flics ? Inès pense aussitôt à Chaloyard. Lui aussi était forcément au courant. Son boulot semble lui octroyer tellement de pouvoir. Avec ce qu'elle a appris sur lui, il faudra bien qu'elle s'occupe de son cas, pense-t-elle furtivement sans avoir la moindre idée de la manière dont elle doit procéder. En attendant, c'est contrariée et l'air furieux que Jocelyne sort de la chambre sans saluer Casimiro ni Inès ce qui, d'une certaine manière, arrange les affaires de celle-ci, enfin seule avec son grand-père.

– Bonsoir ma chérie, commence-t-il la voix blanche mais l'œil pétillant de bonheur, ce qui déboussole quelque peu Inès.

– Mon Papou, fond-elle aussitôt en larmes en l'enserrant du mieux possible entre ses bras, évitant les perfusions qui lui restent agrippées et les pansements qui bardent les deux tiers inférieurs de son visage.

Comment se peut-il que ce grand-père si attentionné, si affectueux, souriant, sans haine pour celui qui lui a tiré dessus, ait pu être un galeux il y a vingt ans ? Tous ces arguments qu'on lui a avancés comme la repentance ou les remords d'avoir tué son père, tiennent bien sûr la route ; tous ces premiers témoignages, tous ces indices qu'elle a elle-même accumulés ne plaident évidemment pas en faveur de Casimiro Pozuelo. Inès le sait, en tout cas elle s'en persuade. Mais Inès doute de nouveau. Doute toujours. Son instinct lui affirme qu'il n'est pas celui que tout et tout le monde ou presque accusent. Elle se sent seule. Alors elle prend simplement de ses nouvelles comme une petite-fille modèle. Elle mesure le pouls de sa pensée mais son interrogatoire tourne court. Elle ne peut pas. Cependant, à l'instant de se séparer, lorsque l'infirmière lui signifie qu'elle a largement dépassé l'heure, Inès prend enfin son courage à deux mains et se lance.

– Papou… As-tu été un galeux ? tente-t-elle, mielleuse, presque craintive.

– ?

Un long silence succède, ou plutôt prolonge, le regard interrogateur de Casimiro. Son sourire se fige puis disparaît. Ses yeux gris s'assombrissent. Inès se risque à nouveau en reformulant à peine sa question.

– Papou, le galeux qu'on t'accuse d'être, est-ce…

– Moi ? complète Pozuelo la gorge encombrée d'un chat. Ma petite-fille, je ne sais pas qui t'a raconté quoi, mais je n'ai jamais été un galeux. Jamais, jamais… Et jamais non plus je n'aurais voulu que tu me le demandes.

– J'ai besoin de savoir, poursuit Inès qui enchaîne les questions avant de ne plus avoir le courage de les poser. Pourquoi alors t'a-t-on tiré dessus ? C'est quoi ce coffre caché à la maison dans l'atelier de Nanou ? Un coffre qui contient des tracts et surtout une arme avec ses munitions ?

En rentrant de Caracas, Inès s'était bien sûr précipitée sur le coffre-fort dont Mikel lui avait fourni la combinaison. Mais, sans surprise, il était désormais complètement vide. Néanmoins, face à son grand-père, Inès fait mine d'avoir tout découvert de ses propres yeux. Ce qui ne semble guère le déstabiliser.

– Dans un coffre on y cache des choses précieuses ou qu'on ne veut pas voir ressurgir mais dont on ne peut se débarrasser, répond, énigmatique, un Casimiro à la voix de plus en plus faible.

– As-tu été directeur de l'agence de presse de Franco ?

– Mais d'où tiens-tu tout ça ? Tu as mené une enquête sur moi ?

– S'il te plaît Papou, réponds-moi, explique-moi…

– J'étais le directeur adjoint de l'agence EFE, chargé de la Culture. Je n'ai jamais été intéressé que par la culture, je n'ai jamais tué personne.

– On t'a donc tiré dessus par méprise, c'est ce que tu essayes de me dire ?

– Je suis déçu que tu aies besoin de ma parole pour t'en persuader. Laisse-moi ma chérie, je suis fatigué maintenant, conclut-il, dans un chuchotement.

En déposant un baiser sur le front de son grand-père, Inès l'abandonne à sa déception sans pouvoir le rassurer. Oui elle veut le croire, mais son silence et ce regard à l'instant de sa première question l'ont troublée. L'espace d'une seconde elle a imaginé que cela pouvait être la réaction du mythomane déstabilisé, mais elle connaît trop bien son grand-père. D'accord, tout l'accuse mais…

– Je reviendrai te voir bientôt, se contente-t-elle d'affirmer un brin mystérieuse sur le pas de la porte.

Dans l'escalier qui la dirige vers le rez-de-chaussée, Inès laisse échapper un cri, presqu'un hurlement, de désappointement. Elle en est au même point. C'est-à-dire nulle part ou, plus précisément, au milieu d'un carrefour dont toutes les issues sont plausibles. Mais une seule est la bonne.

Le brancardier qui s'est précipité dans la cage d'escalier en l'entendant lui demande si elle s'est fait mal. Il ne reçoit ni un mot ni un regard. Inès ne pense plus qu'à fuir. Fuir les gens, ses pensées. Fuir tout ce qui l'entoure. Elle attrape le tramway au vol. Toujours aussi seule.

19

L'ENQUÊTE CHANGE DE MAINS

Elle ne sait s'il affabule ou bien peut-être s'en veut-elle d'avoir douté de lui, toujours est-il qu'en fait de le revoir bientôt, Inès délaisse plutôt son grand-père les jours suivants ne prenant plus de ses nouvelles que par l'intermédiaire de *Nanou*. Il est vrai que son opération de chirurgie esthétique le surlendemain de sa visite, si elle s'est bien déroulée, l'a beaucoup fatigué et qu'une deuxième est programmée pour dans quelques jours rendant plus difficiles les visites.

D'une certaine manière, Inès aussi est à bout. Elle a senti la fatigue psychique l'envahir, la submerger dans cet escalier de l'hôpital Pellegrin puis, plus encore, dans le tramway jusqu'à Talence. Après avoir ignoré le brancardier, frôlant l'hystérie, elle a incendié le groupe de contrôleurs qui lui réclamaient son titre de transport… qu'elle n'avait pas, avant de s'effondrer en larmes. « Bande de fascistes, ça vous excite de vous en prendre aux jeunes parce qu'ils n'ont pas les moyens d'acheter votre ticket de merde ? Vous avez un sentiment de puissance, c'est ça ? »

Heureusement qu'Amaia l'attendait dans l'appartement de Mikel pour la réconforter. Absolument pas préparée – et pour cause – à un stress aussi intense et resserré dans le temps, Inès a craqué pour de bon.

Depuis quelques semaines, elle se sent mieux. Sa grand-mère s'est excusée pour son propre comportement à l'hôpital qu'elle aussi a mis sur le compte d'une tension extrême – ce qu'Inès n'a pas eu de mal à accepter – et maintenant elle ne pense plus qu'à profiter de l'été à la plage comme toutes les jeunes filles de son âge. Enfin ! Tout juste a-t-elle pris le temps de faire un retirage / agrandissement du cliché Polaroïd, de désigner d'une flèche Acedez et Domingo, d'entourer la troisième silhouette mystérieuse avec un Marker rouge, d'y inscrire l'interrogation « Chaloyard ? » et de déposer l'enveloppe anonymement « à l'attention du lieutenant Darmon », commissariat de Bayonne, en espérant que le destinataire ou un autre prendrait au sérieux ses soupçons. Si Chaloyard est bien « Capo » – ce qu'elle souhaite par-dessus tout – « ce n'est pas à moi de faire le boulot des flics quand même », s'est-elle dit.

Sur les rochers, en contrebas du fort de Socoa, Inès et Amaia, en monokini, bronzent lascivement à l'écart des touristes. En août, il est beaucoup plus difficile d'accéder aux plages de Bidart, celle de l'Uhabia en particulier, leur préférée. Alors, quand la foule se fait trop oppressante, elles descendent régulièrement jusqu'à Ciboure pour trouver la tranquillité qu'offre le fort de Socoa, plus difficile d'accès.

– Au fait, maman t'invite à manger dimanche avant d'aller aux Fêtes. Tu ne remontes pas à Bordeaux ?

En se rhabillant en fin d'après-midi, Amaia se souvient de la commission qu'elle devait faire à Inès. Comme chaque week-end de la Saint-Barthélémy, lors de la deuxième quinzaine d'août, les Fêtes de Bassussarry sont l'occasion pour Amaia de retrouver tous ses amis qu'Inès connaît aussi très bien maintenant, y compris ceux qui sont partis étudier à Bordeaux, Toulouse, voire Paris mais qui ne manqueraient pour rien au monde ce rendez-vous.

– Non, non… J'ai des nouvelles par Nanou, ça me suffit pour l'instant, répond Inès se gardant d'évoquer sa dernière rencontre un peu difficile avec son grand-père qu'elle n'a pas envie de revivre. De toute façon Papou est trop fatigué pour voir du monde. Au bout d'une heure il s'endort, alors faire deux cents bornes pour si peu… Ben, c'est d'accord pour dimanche.

– Comme on rentrera tard samedi soir, on dormira chez toi mais on mettra le réveil pour midi. Il y aura son frère et des amis de ma mère. Ils sont sympas.

– OK, mais je ne veux pas qu'on me parle de…, enfin de l'histoire, quoi.

Le tour des bodegas de Bassussarry est vite fait, même le week-end des Fêtes. C'est donc dans les pubs bondés de Biarritz, avant même le début du bal local, que la jeune bande s'en va terminer sa soirée. Pendant qu'Amaia, alcool aidant, s'abandonne sous les mains déterminées d'un ex du lycée, Inès qui a à peine moins bu, se laisse elle aussi franchement aller avec cet autre garçon qui a profondément changé depuis l'été précédent. Être draguée par lui est même un honneur si elle en croit les yeux envieux des autres filles qui se sont posés sur lui à leur entrée dans ce pub. Quelques baisers sur les joues, dans le cou voire tout près de la commissure de ses lèvres ; deux ou trois caresses sur le haut de ses genoux dénudés, par jeu mais aussi par envie ou excitation, Inès ne rabroue pas les premières audaces de ce courtisan et en tire une fierté évidente. « Lâche-toi, profite », croit-elle encore entendre Amaia lui balancer. Mais lorsque le garçon se fait plus entreprenant, Inès se dérobe. Instinctivement. Elle imagine Mikel, loin d'elle, poussé à l'exil du fait de ses convictions, et ne s'accorde pas le droit d'avoir une aventure, même très brève et dont elle n'a, réflexion faite, aucun désir, avec quelqu'un qui a la chance d'aller et venir où bon lui semble parce que, lui, peut-être, n'en a aucune de conviction. Mais cette fois-ci, Inès reste polie, souriante et, se levant en l'embrassant tendrement sur la joue, invite son prétendant d'un soir à penser à autre chose que la mettre dans son lit cette nuit.

Couchées à 4 h du matin, les yeux et le cerveau encore pas mal embués, il faut près d'une heure aux deux jeunes filles pour se préparer et effacer les balafres de la nuit. Lorsqu'elles débarquent presque pimpantes vers 13 h par le bout du jardin, tous les invités de Pantxika sont là, rassemblés autour d'un Txapa(39)... qu'elles s'empressent de repousser, dans un regard et un éclat de rire complices, lorsque l'on leur en tend un verre. Si Amaia et Inès ne se quittent pas du repas, la « petite Parisienne » n'en dresse pas moins ses oreilles aux conversations qui l'entourent. Bien sûr, quelques mots ou expressions en *euskara* viennent parfois perturber sa bonne compréhension, mais parce qu'elle croit bien en saisir le sens et la portée, elle trouve désormais un grand intérêt à ces discussions souvent militantes auxquelles elle n'ose toutefois participer. Surtout, elle s'y sent à l'aise.

Si elle n'a modifié en rien ou presque ses habitudes à cette occasion, ce week-end des Fêtes de Bassussarry a fait un bien fou à Inès.

À la fin août, rendant pour la première fois visite à son grand-père depuis qu'elle lui a réclamé des précisions à défaut d'explications à propos de son passé, Inès trouve celui-ci en plutôt bonne forme malgré sa deuxième

39- Sorte de sangria basque.

opération de chirurgie réparatrice subie en moins de deux semaines. À tel point que sa sortie de l'hôpital est imminente. Enfoncé dans un profond fauteuil, il n'a plus qu'un énorme pansement sur la joue gauche, pas assez large malgré tout pour qu'elle ne remarque pas le grand sourire qu'il lui adresse en lui tendant les bras. Inès est soulagée, il ne lui en veut visiblement pas de son dernier passage lors duquel ses allusions lui avaient fortement déplu. Mais si Inès lui renvoie son sourire, elle n'est pas pour autant entièrement apaisée. Les quelques jours de vraies vacances qu'elle s'est accordés n'ont pas tout à fait gommé ses suspicions même si, de nouveau, elle en porte l'essentiel sur Chaloyard, peut-être par commodité. Quoi qu'il en soit, Casimiro et Inès évitent soigneusement d'aborder le sujet durant l'heure qu'elle reste auprès de lui.

Un appel va temporairement la conforter.

– Mademoiselle Inès Pozuelo ? fait une voix qu'elle ne connaît pas alors qu'elle est en route pour Talence.

– Oui.

– Bonjour, je suis le capitaine Pierre Letournel du SRPJ de Bordeaux. Je reprends l'enquête sur la tentative d'homicide dont a été victime votre grand-père. J'aimerais vous rencontrer pour éclaircir quelques points.

– Je suis à Bordeaux actuellement et j'y suis encore demain, si ça vous arrange…

Cela lui a immédiatement fait tilt et elle n'a pas une seconde envisagé autre chose. Si ce Letournel reprend l'enquête, c'est que la hiérarchie des flics l'a retirée à

Chaloyard. Et si on la lui a retirée, c'est qu'il est bel et bien « Capo » et qu'il a été démasqué grâce à son message anonyme. Tout est maintenant clair et net dans l'esprit de tous. Letournel le lui confirmera sans doute demain. Le cauchemar sera terminé. Inès envisage même à présent qu'un procès aura lieu contre l'assassin de son père et de tant d'autres, même s'il faudra sans doute s'armer de patience avant qu'il ne débute. « Enfin un procès des GAL de ce côté-ci des Pyrénées », souffle-t-elle à voix basse.

Le lendemain, dans les locaux du SRPJ de Bordeaux, rue François-de-Sourdis, Inès déchante un peu. Letournel, épaules carrées et longue mèche façon chanteur pour midinettes, n'est non seulement guère plus affable que Chaloyard, mais surtout pas décidé à la rassurer ni même aller dans le sens de sa réflexion sans doute trop hâtive.

– Mademoiselle, en général, ce sont les flics qui posent des questions. Vous l'êtes? Je ne crois pas, lui lâche-t-il assez sèchement alors qu'elle a commencé à le sonder sur les raisons du remplacement de Chaloyard.

De fait, Letournel n'en dira pas un mot. Bien que restant assez évasif, il semble surtout s'intéresser à Mikel. Inès avait presqu'oublié que dans cette affaire, la seule enquête officiellement ouverte l'est à l'encontre de l'auteur des tirs contre Casimiro Pozuelo. Ce qui fait de Mikel la personne potentiellement la plus recherchée, même si manifestement les flics semblent hésiter, se contentant seulement de tâter le terrain, un peu au hasard, ne disposant que de peu de billes.

Des locaux du SRPJ à l'hôpital Pellegrin, il n'y a guère qu'une vingtaine de minutes à pied. Bien qu'ayant rendu visite à son grand-père la veille, que le temps semble tourner à l'orage et que la gare Saint-Jean soit dans la direction opposée – mais son train pour Bayonne n'est que dans deux heures –, Inès n'hésite pas à faire le détour, le cœur un peu plus léger. Elle achète même une boîte de chocolats en chemin sans se demander si Casimiro pourra s'accorder un tel plaisir. Au cours de ce nouveau petit moment passé ensemble, Inès glisse malicieusement à son grand-père que l'enquête a changé de mains, ce qu'il sait déjà par sa femme. N'y émettant aucun avis, elle n'insiste pas, se contentant de lui faire comprendre qu'en ce qui la concerne, elle est plutôt satisfaite. « Je n'aimais pas trop ce Chaloyard », précise-t-elle.

20

De l'OAS à la police…

Cinq mois passent alors sans que plus personne ne semble s'intéresser à cette affaire. C'est comme si une chape de plomb s'y était abattue. Jusqu'au début de l'automne, Letournel a bien fait un peu d'esbroufe, interrogeant à tour de bras, puis il a disparu, s'effaçant comme de la craie avec les premières grosses pluies. Casimiro rétabli est rentré chez lui et s'est occupé de son jardin sans encombres, comme si aucune balle ne l'avait traversé au printemps ; Jocelyne est retournée à ses peintures et tous les deux vont à la piscine ou faire du vélo quand le temps le permet et au musée, à Paris, au moins une fois par semaine. Quant à Inès et

Amaia, l'une en troisième année d'histoire à l'université de Cergy-Pontoise et l'autre en deuxième de médecine à Montpellier, elles ont effectué leur rentrée universitaire comme tous leurs camarades.

Dans la famille Pozuelo, les non-dits conviennent manifestement à tout le monde. Au cours d'un dîner de septembre, pour solde de tout compte, chacun s'est excusé pour ses réflexions ou emballements, « balancés à l'emporte-pièce » ont-ils tous les trois convenu. Cependant, Inès n'a pas tout effacé de sa mémoire et elle aurait aimé que son grand-père lui fournisse quelque explication ne serait-ce que sur la présence du coffre-fort dans l'atelier de Jocelyne et plus encore sur son contenu.

D'autres choses la titillent également. Elle voudrait par exemple comprendre pourquoi le sort de l'enquête ne préoccupe visiblement pas Casimiro, pourquoi il n'a pas pris d'avocat, et surtout, pourquoi après avoir soutenu à Chaloyard qu'il n'avait aucune idée de son agresseur il en a dressé à Letournel un portrait physique qui ne correspond absolument pas à celui Mikel. Comme s'il décrivait *Guernica* de Picasso en regardant *Dos de Mayo* de Goya. Soit il ne l'a pas vu et il ne peut rien en dire, soit il l'a vu, même brièvement, et il peut au moins en préciser sa corpulence, sa taille, etc. Mais alors que Mikel est vif, habile et longiligne, Casimiro a décrit son agresseur comme « petit, rondouillard et emprunté ». Comment a-t-il pu se tromper à ce point? A-t-il reconnu Mikel et cherche-t-il à le protéger pour épargner des souffrances à sa petite-fille ou pour se protéger lui-même de recherches dans son passé ? Inès ne veut cependant pas raviver de vieux démons, remuer les braises et en fin de compte retomber dans ses suspicions qui l'ont rendue malade. Alors chez les Pozuelo, chacun se tait ou parle d'autre chose. Pourtant, l'absence de Mikel pèse sur le moral d'Inès. Lui n'a pas confiance. Il se sent encore menacé par les polices française ou espagnole et n'est donc pas rentré du Venezuela malgré sa promesse.

Une rencontre impromptue va brutalement réinviter l'affaire sur le devant de la scène et ranimer vivement la névrose d'Inès. Après Noël, passé comme chaque année en famille, c'est-à-dire uniquement avec ses grands-parents, c'est seule qu'elle gagne la maison de Bassussarry pour y fêter le passage à l'année 2006. Casimiro et Jocelyne ne sont plus très enthousiastes à l'idée de s'y rendre ; ils ont même émis la possibilité de vendre *Ortzadarra*, quitte à racheter à leur petite-fille un pied-à-terre dans la région.

Le 31 décembre, de l'autre côté de la frontière, dans une discothèque située en plein centre de Saint-Sébastien, Inès, Amaia et trois de leurs camarades en rejoignent un sixième, le seul habitué des lieux qui n'a pas eu de mal à décider les autres de le retrouver.

Alors que la nouvelle année est entamée depuis trois ou quatre heures et que la fête bat son plein au milieu des cotillons et ballons virevoltants, Inès croit distinguer dans la pénombre, à travers les volutes de fumée et l'éclairage de couleurs changeantes, le lieutenant Darmon. À peine le temps de le fixer pour en être certaine qu'il l'aperçoit à son tour entre deux éclats de rire avec ceux qui l'accompagnent. D'abord surpris, d'un signe de la main il l'invite à s'approcher tout en se levant de la grande banquette rouge adossée au mur. Ils se retrouvent à mi-chemin de leurs tables respectives et échangent quelques banalités dont un « bonne année » de circonstance en se claquant la bise. Un bel homme, très soigné, les rejoint et enveloppe la taille du lieutenant Darmon de son bras gauche.

– Tu me présentes à cette ravissante jeune fille, fait-il en castillan.

– Inès… David, mon ami.

Imaginant instantanément l'homosexualité de Darmon, le visage d'Inès se fend d'un grand sourire quand elle se remémore tout le mal qu'elle s'est donné pour le séduire sans en avoir l'air lors de leur rendez-vous dans ce bar de la place Pasteur à Bayonne. Reprenant son sérieux, elle ne peut s'empêcher, comme par réflexe, d'évoquer ce qui les a conduits à se rencontrer.

– Mathis, je suis désolée de vous parler de ça ici et maintenant, mais vous savez que nous n'avons aucune nouvelle de l'enquête…

– Ça semble vous étonner ? suggère le lieutenant en arrondissant très hauts ces sourcils comme pour marquer sa propre surprise.

– Ben quand même, oui. Vous trouvez ça normal, vous ?

– Que savez-vous au juste ?

– Mais justement, pas grand-chose.

– Voulez-vous que nous en discutions, disons… demain ? Enfin le 2 janvier je veux dire. Vous serez encore à Saint-Sébastien ? Je vous invite à dîner. Il y a un petit restaurant de fruits de mer entre le musée naval et l'aquarium, au bout de la baie. 21 h, ça vous convient ?

– Euh… Oui, c'est d'accord.

Lui donnant l'impression qu'il a des réponses à lui apporter, Inès accepte le rendez-vous sans réfléchir bien qu'elle ait initialement prévu de rentrer à Cergy ce même jour. Et tant pis aussi pour les cent-vingt kilomètres aller-retour que cela nécessite depuis Bassussarry.

Inès n'a cette fois rien dit à Amaia de son nouveau rendez-vous avec Darmon. Elle ne sait ce qui va en sortir mais si les révélations qu'elle espère devaient être difficiles à supporter, elle ne veut pas que son amie les entende abruptement, sans son filtre explicatif. Au petit matin, elle ressent le besoin de faire le vide complet dans sa tête. Elle a très mal dormi, gagnée par ses angoisses. Un grand jogging le long du chemin de halage gelé par endroits, au bord de la Nive, lui fera le plus grand bien. Alors elle court. Elle court longtemps, de plus en plus vite, comme si elle était poursuivie par ses démons, comme si sa vie en dépendait. À tel point que, lorsqu'elle stoppe sa course, elle vomit abondamment, presque tout ce qu'elle a ingurgité la veille et même lors du réveillon. Jamais l'expression « se vider les tripes » ne s'était aussi bien appliquée à elle. Terminant en marchant, elle sent l'appétit lui revenir peu à peu en même temps que le froid lui tomber sur les épaules. En rentrant à *Ortzadarra* elle dévore tout le petit-déjeuner – et même un peu plus – qu'elle avait laissé sur la table du séjour faute d'avoir pu l'avaler une heure et demie plus tôt. Puis elle se fait couler un bain bouillant dans lequel elle finit par s'endormir, ses écouteurs enfoncés dans les oreilles. Lorsqu'Amaia débarque vers midi par le jardin, les yeux encore plein de sommeil, Inès est requinquée. Pour justifier de ne pas passer la soirée avec sa copine, aucune excuse ne lui vient à l'esprit. Alors elle lui explique simplement qu'elle ne peut rien lui dire pour l'instant, qu'elle le fera peut-être plus tard et que, non, « il n'y a pas de garçon là dessous ».

Vers 19 h 15, elle se met en route pour Saint-Sébastien. À cause de la pluie, tombée dru jusqu'à la frontière puis avec parcimonie ensuite pour s'arrêter complètement dans les faubourgs de la grande cité basque, ce n'est qu'un peu plus d'une heure plus tard qu'elle range sa vieille Clio en haut de la rue Izaburu. Elle a choisi de terminer le chemin à pied en longeant la baie baignée des lumières des fêtes de fin d'année, comme pour prendre un grand bol d'air avant d'affronter la vérité. Il fait froid et seuls quelques touristes ou joggers courageux, comme elle-même ce matin, se hasardent en bord de mer. Deux heures pile après son départ de Bassussarry, elle entre dans le tout petit restaurant de fruits de mer conseillé par le lieutenant Darmon qu'elle remarque aussitôt. Évidemment, c'est le seul client présent.

– J'ai craint un instant que vous ne viendriez pas, fait-il en se levant pour l'accueillir. Vous êtes vraiment ravissante… comme chaque fois que je vous vois décidément.

Inès n'a pourtant fait aucun effort particulier cette fois-ci. Ni maquillage sophistiqué en dehors d'un coup de mascara sur les cils, ni décolleté engageant astucieusement masqué.

– Quand je fais une promesse je m'y tiens, répond-elle dans un sourire mi gêné, mi flatté. Mais c'est vrai que je n'ai pas votre numéro, je n'aurais pas pu vous prévenir si j'avais eu un empêchement de dernière minute. Je suppose que vous n'étiez pas au commissariat de Bayonne aujourd'hui.

– En effet, je suis en vacances…

– Avec David ? le coupe-t-elle.

– Oui avec David, chez lui. Il a un appartement à deux pas d'ici. Ça vous choque ?

– Pas du tout. C'est juste qu'on a toujours du mal à imaginer des policiers…

– Pédés ?

– Homosexuels !

– Si vous, vous avez du mal, imaginez comme ça doit être difficile pour les autres flics. Les mentalités ne progressent que très lentement. Encore plus en France qu'en Espagne d'ailleurs. C'est pourquoi nous ne nous voyons qu'ici, le week-end quand je ne suis pas de permanence ou pendant nos congés. Il habite et travaille à Bilbao, moi à Bayonne. Saint-Sébastien est à mi chemin, c'est pratique.

– Excusez-moi Mathis, je ne voulais pas vous vexer. Je ne suis ni choquée ni une réac catholique, homophobe et je ne sais quoi d'autre encore… Je vais vous faire une confidence. Vous avez peut-être aperçu mon amie d'enfance Amaia, l'autre soir ? Eh bien nous avons eu notre première expérience sexuelle ensemble. Et nous en gardons un bon souvenir. Vous voyez…

Durant les premiers plats du dîner, Inès Pozuelo et Mathis Darmon, se contentent de faire plus ample connaissance. Ils sympathisent même franchement. Quelques clients supplémentaires sont venus garnir et animer le restaurant. À la fin du plat de résistance, en attendant la carte des desserts, c'est Darmon qui relance la conversation sur le sujet que n'ose encore aborder Inès même si elle a fait le déplacement pour.

– Vous me disiez que vous n'aviez aucune nouvelle de l'enquête…

– Exactement. Je sais que monsieur Letournel, enfin… le capitaine Letournel, a repris l'enquête. Mais il ne m'a interrogé qu'une seule fois, de même que mes grands-parents, au tout début, puis on ne l'a plus vu, plus entendu depuis des mois. Vous m'avez bien expliqué la dernière fois que ça peut être long dans ce genre d'affaire, mais je ne m'attendais pas à ce que ça le soit autant…

– Le seul témoin des tirs contre votre grand-père, c'est Casimiro lui-même. Malgré la description formelle qu'il a faite de son agresseur, nous ne parvenons pas à mettre la main dessus. L'information judiciaire court toujours mais les recherches sont au point mort, disons. Voilà pour la raison officielle.

– Parce qu'il y en a une autre ?

– Inès, je peux vous poser une question plus indiscrète ? Je ne vous parle pas de flic à citoyenne, d'ailleurs nous ne serions pas ici si c'était le cas, mais d'ami à amie. La photo, c'est vous ?

– La photo ? feint de ne pas comprendre Inès.

– La photo déposée anonymement au commissariat de Bayonne, c'est bien vous n'est-ce pas ? Rassurez-vous, je n'ai dit à personne que j'avais des soupçons sur l'identité de notre corbeau.

– Oui, reconnaît Inès craintivement, du bout des lèvres.

En lui avouant, elle compte démontrer sa franchise à Darmon et espère en retour qu'il en fera tout autant avec elle.

– Qu'est-ce qui vous a permis de penser que Chaloyard était un galeux ? reprend le lieutenant.

– Beaucoup de gens que j'ai rencontré ces derniers temps l'envisageaient déjà à l'époque mais n'avaient pas de preuve. Moi j'ai d'abord reconnu sa chevalière si particulière au petit doigt. Puis, comme j'ai également eu l'occasion de voir Chaloyard bras nus, j'ai fait le rapprochement entre l'homme à la grosse tache rouge qu'il a en haut du bras gauche aujourd'hui et l'homme tatoué sur la même partie du corps que j'ai vu sur la photo. Pour moi la tache est le résultat de la brûlure d'un tatouage qu'on a effacé. Et s'il l'a effacé c'est sûrement qu'il cherchait à cacher son passé.

– Bonne déduction. Comment vous êtes vous procurée cette photo ?

– Ça, je ne peux pas vous le dire.

– Je pourrais vous y forcer.

– Je nierais être la personne qui vous l'a transmise.

– Vous êtes maligne Inès, hein. Mais bon, de toute façon ce n'est pas du tout mon intention. En tout cas, vous savez que vous avez mis un sacré bordel à la DGPN(40) ? Oui, un sacré bordel.

Et le lieutenant Darmon de dérouler les conséquences du geste d'Inès.

Saisie, l'IGPN(41) a ouvert une enquête à l'encontre de Chaloyard qui a rapidement porté ses premiers fruits. Un peu plus d'un mois après le dépôt de la photo par Inès au commissariat de Bayonne, Chaloyard était d'abord relevé puis définitivement suspendu de la poursuite de toutes ses enquêtes après avoir reconnu « ses graves manquements au code de déontologie de la Police nationale ».

– C'est-à-dire ? demande Inès. Que lui reproche-t-on ?

– Officiellement rien de plus que ses manquements où l'on peut y fourrer tout un tas de reproches. Les « bœuf-carottes », comme on appelle dans notre milieu les enquêteurs de l'IGPN, ne communiquent jamais sur le contenu de leur travail. Seul le ministre de l'Intérieur

40- Direction générale de la police nationale.

41- Inspection générale de la police nationale, ex-IGS, la « police des polices ».

connaît le résultat de leurs enquêtes et décide s'il faut le rendre public. Mais il se trouve qu'un de mes amis de promo est un « bœuf-carottes ». Comme c'est moi, grâce à votre photo, qui l'ai averti du cas Chaloyard, il m'a fait un point complet mais confidentiel bien entendu. Je sais par exemple que Chaloyard a essayé de faire porter le chapeau des tirs contre votre grand-père à un chef d'ETA, arrêté dans les Landes, en juillet dernier. C'est même ce qui a permis à l'IGPN de recouper les infos sur lui, quand l'avocat de Redondo, le chef en question, a commencé à faire du foin sur les pressions subies par son client.

– Pourquoi me dites-vous tout ça si c'est confidentiel ? Je pourrais m'en servir.

– Moi aussi je nierais être la personne qui vous a informé. Et vous vous attireriez beaucoup plus d'ennuis qu'autre chose. Le sujet est assez sensible comme vous l'imaginez. Si je vous en parle, c'est d'abord parce que ça vous concerne directement et que je vous aime bien ; ensuite, à titre personnel, beaucoup de choses dans cette affaire me dérangent, me choquent même. Mais si ça ne vous intéresse pas...

– Si, si. Bien sûr.

Cueilli le matin du mardi 23 août à son domicile de Pau, rue Latapie, à deux pas de son bureau à la Préfecture, Robert Chaloyard n'a opposé aucune résistance aux deux « bœuf-carottes » venus de Paris, comme s'il les attendait voire comme s'il était soulagé que cela se termine. Il les a d'abord invités à prendre un café et pendant près d'une heure, les trois hommes, confortablement installés dans un canapé de grande marque, ont devisé de la pluie et du beau temps, de leurs propres souvenirs de la police d'antan. Chaloyard connaissait l'un des deux flics de flics venu l'interpeller. « Bon Robert, tu sais pourquoi on est là ? », a fini par lâcher ce dernier. « Je m'en doute », a simplement répondu l'intéressé.

Lors de sa garde à vue, s'il n'a livré que le nom de complices morts, ne mouillant aucune de ses autres recrues qui seraient toujours en vie, Chaloyard n'a en revanche nié aucun des faits qui lui étaient reprochés. Sûr du poids de ses « dossiers » et « fiches de renseignements » patiemment et minutieusement constitués eu égard à sa fonction sur des notables locaux aujourd'hui très haut placés dans différents ministères ; certain de passer à travers les gouttes parce qu'aucun pouvoir politique n'a les moyens de s'offrir un tel scandale, Chaloyard, avec cynisme mais sans haine ni hargne, est tombé tout en douceur, en silence, comme un flocon, puis s'est volatilisé dans les arcanes du « secret défense ».

– Vous avez été interrogée par la PAF à Roissy l'été dernier ? reprend Darmon au restaurant.

– Oui, dit Inès pas surprise que le lieutenant soit au courant.

– Savez-vous, que Chaloyard observait la scène derrière un miroir sans tain ? Or, il n'avait aucune autorisation pour vous faire interpeller. On a appris aussi qu'il s'était rendu chez vous en région parisienne, agissant toujours sans le mandat de qui que ce soit. Pour vérification a-t-il seulement précisé, sans rien ajouter à ce sujet.

– Mais pourquoi chez moi ? Que cherchait-il ? Que voulait-il vérifier ?

– À vous de me le dire, Inès. Vous-même ou votre grand-mère avez-vous remarqué quelque chose de particulier après son passage ?

En omettant sciemment de parler de la découverte des douilles au pied du coffre-fort le jour même du passage de Chaloyard, Inès, mal à l'aise, se fait soudain moins sincère.

– Toutes ses recherches étaient dirigées contre votre ami Mikel tout d'abord puis contre vous-même ensuite, enchaîne Darmon sans remarquer le trouble d'Inès. On suppose que Chaloyard soupçonnait que vous auriez pu détenir des preuves très compromettantes contre lui. Comme une photo par exemple…

– Des preuves qu'il était un galeux…

– C'est ça. Ce que je ne comprends pas, c'est comment il a pu croire que vous pouviez représenter une menace pour lui. J'en reviens donc à ma question : qui vous a procuré la photo ? Êtes-vous en relation avec des gens d'ETA ?

– Mais comment le savoir ? louvoie Inès plus habilement cette fois-ci. Je vois des gens, je parle avec eux, mais je ne leur demande pas s'ils sont d'ETA. Et comme ce n'est pas écrit sur leur front…

– Vous êtes jeune Inès mais aussi intelligente. Vous pouvez comprendre, j'en suis sûr, ce qui vous est dit ou donné et dans quel but. Alors je vous recommande juste de faire attention à vos fréquentations. ETA est une organisation terroriste.

– On s'éloigne de l'objet de ce dîner Mathis, là, non ? Je croyais qu'on devait parler de l'enquête qui vous a certes mené à une piste terroriste, mais si j'ai bien compris, on parle de celle des GAL et de Chaloyard en particulier.

– C'est bien ce que je disais, vous êtes maligne et intelligente, sourit Darmon. Je ne cherche pas à vous piéger, nous sommes bien là pour évoquer Chaloyard et son enquête.

Dès sa création en 1961, Chaloyard devient membre de l'OAS à Oran, dans l'ouest algérien où il vit, puis plus particulièrement du groupe dissident OAS-Madrid où il se réfugie après l'indépendance de l'Algérie. C'est là qu'il rencontre Acedez, le futur chef des galeux et fraternise rapidement avec lui. La lutte contre les indépendantistes, qu'ils soient Algériens ou Basques, crée des liens. Visiblement pas repéré, selon son nouvel ami, par les Renseignements généraux comme il l'avait craint un temps, Chaloyard rentre en France en 1968 et adhère l'année suivante, sous un pseudonyme, à Ordre nouveau, un groupuscule néo-fasciste qui a pour emblème une croix celtique qu'il se fait tatouer sur le bras. Dans le même temps il intègre l'école de police, en sort parmi les meilleurs et choisit sa première affectation à la Police de l'air et des frontières à l'aéroport de Roissy où il a gardé d'excellents contacts. À l'époque la PAF est rattachée aux Renseignements généraux, la passerelle directe vers l'antiterrorisme qu'il rejoint cinq ans plus tard. Il y gravit brillamment les échelons pour son travail sur les groupuscules extrémistes, y compris ceux de droite, et n'hésite pas à balancer ses anciens copains devenus gênants pour sa carrière. À sa demande, faisant valoir son excellente connaissance du castillan, il est promu à la cellule de Pau en charge d'ETA où il renoue avec son passé dans la mouvance néo-fasciste et anti séparatistes basques lorsqu'il est contacté par son ami Acedez.

Pendant que Darmon s'interrompt avec l'arrivée des desserts sur la table, Inès se repasse rapidement le film dans sa tête et bute sur une séquence.

– Mais quel rapport Capo a-t-il avec mon grand-père ? relance-t-elle, une fois la serveuse éloignée.

– Capo ? Qui est Capo ? demande Darmon.

– Ben, Chaloyard ! C'est bien comme ça qu'il se faisait appeler, non ? Les témoins de ses assassinats ont entendu ce nom clairement.

– Si Chaloyard avait effectivement un pseudonyme, c'est « Jean-Loup » qu'il se faisait appeler et rien ne permet d'établir qu'il a directement participé à l'assassinat de militants d'ETA. Cela aurait d'ailleurs été un gros risque pour lui et vu son rang, il n'y avait aucun intérêt. Non, je pense que « Jean-Loup » se contentait d'être le recruteur des galeux français et l'informateur d'Acedez, ce qui permettait à ce dernier de connaître les planques et les habitudes des membres d'ETA qui vivaient en France et de décider des actions contre eux. Mais certainement pas d'y prendre part lui-même.

Cette dernière confidence fait l'effet d'une torpille qui la percute. Inès voit aussitôt son grand-père resurgir à son esprit. Loin de le disculper définitivement, le dîner avec le lieutenant Darmon relance au contraire complètement la possibilité que Casimiro Pozuelo était bien « Capo », opérant par exemple sous les ordres directs de « Jean-Loup ».

– Ça ne va pas Inès ? questionne Darmon en la voyant blêmir.

– Hein ? Si, si… C'est que je… Enfin non, rien. Je me sens dépassée par tout ça. Lasse, aussi. Quel lien alors entre Jean-Loup et mon grand-père ? Je ne comprends rien.

– Pour l'instant, nous n'en voyons aucun. Est-ce qu'on a tiré sur votre grand-père en pensant le faire sur Chaloyard alias Jean-Loup ?

Même le changement de conversation qui suit ne permet pas à Inès de retrouver son sourire. Si Mikel s'était trompé de cible, il n'a évidemment pas pu confondre Casimiro avec le super-flic de l'antiterrorisme. La seule possibilité qu'elle envisage désormais c'est que Chaloyard, lors de son enquête « particulière », a essayé de protéger « Capo », Casimiro Pozuelo, pour se protéger lui-même.

Alors que Darmon la raccompagne jusqu'à sa voiture, elle parvient cependant à lui demander pourquoi il s'est dit choqué par le traitement de cette affaire, raison pour laquelle il lui a donné d'aussi secrètes informations.

– Après sa suspension, Chaloyard a été placé à la retraite d'office, sans traitement ni pension, certes, mais avec ce qu'il a dû mettre de côté, il n'en a de toute façon sûrement pas besoin. L'affaire est complètement étouffée en haut lieu et rien ne sortira de cette sombre page d'histoire de la police française. Je vous l'ai dit, l'enquête est officiellement au point mort. En réalité, elle est définitivement enterrée. Ce n'est pas l'idée que je me fais de mon métier. Voilà où je voulais en venir en définitive avec ce dîner. Je voulais vous dire, mais vous l'avez compris, que vous ne saurez sans doute jamais pourquoi on a tiré sur votre grand-père, ni qui l'a fait. Pour justifier tout ça, on conclura qu'il s'agissait d'un crime crapuleux maquillé en acte de terrorisme pour brouiller les pistes.

– Et ça peut passer comme ça ?

– Facilement oui. N'oubliez pas les démentis cinglants et répétés de la direction d'ETA après l'attentat contre Casimiro Pozuelo. Quant à reconnaître la culpabilité de Chaloyard, c'est faire le procès des galeux français. Or il ne faut pas compter dessus. Je vous l'ai dit, la diplomatie entre hautement en compte dans cette affaire. Et la diplomatie, c'est l'art pour les États de cacher sous le tapis toutes leurs saloperies ou bien de les négocier. Celles de X neutralisent celles d'Y. En l'occurrence, il est hors de question, vous imaginez bien, pour l'Espagne et la France de rouvrir un volet GAL alors que l'Espagne négocie, officieusement mais réellement, une trêve définitive avec ETA. Cela donnerait trop de poids dans les négociations aux séparatistes. Chaloyard sait parfaitement tout ça, voilà pourquoi il ne sera pas inquiété.

21

Un témoin ?

De la fin de l'hiver au début du printemps 2006, le Contrat première embauche (CPE), génère d'importantes protestations et manifestations de la part des lycéens et étudiants contre le gouvernement Villepin, celui-là même qu'Iñaki Irazustabarrena jugeait par trop manipulateur dans les pourparlers tripartites de trêve aux côtés de son homologue espagnol, face à la direction d'ETA. Sur les sites de la fac de Cergy-Pontoise, même si l'ébullition est de moindre portée, surtout comparée à sa voisine de Paris-Nanterre, elle commence à prendre une ampleur à laquelle Inès participe à partir de la mi-mars et jusqu'au retrait de la loi le 10 avril. Ses grands-parents lui recommandent pourtant de ne pas se joindre à ce mouvement afin de ne pas compromettre tout son travail en cette dernière année de licence, mais c'est un conseil qu'elle se fait un plaisir de ne pas suivre au moins autant pour leur déplaire que par conviction que le CPE, rebaptisé « Loi Citrons pressés essorés », généralise et institutionnalise la précarité pour les moins de 26 ans.

Bien qu'ayant traversé son année chaotiquement, Inès n'en valide pas moins *in extremis* son dernier semestre et obtient de manière quasi inespérée sa licence d'histoire. Également perturbée, embrouillée par les révélations hivernales du lieutenant Darmon, elle n'y croyait plus. Et si elle n'a pas sombré dans la déprime au cours de ce printemps tumultueux, si au contraire elle s'est accrochée, entre les assemblées générales d'étudiants et ses révisions, elle le doit en grande partie à Mikel.

« Un mot encore », avait ajouté Darmon à l'instant où Inès s'apprêtait à descendre de sa voiture pour monter dans la sienne, rue Izaburu à Saint-Sébastien. « Votre ami Mikel… C'est bien lui que vous êtes allée voir au Venezuela, n'est-ce pas ? S'il est en fuite, dites-lui qu'il n'a rien à craindre d'un retour, en France en tout cas. Aucun mandat d'arrêt européen n'a été émis contre lui par Madrid, ce qui signifie qu'il n'est pas considéré comme un gros poisson. Alors, à moins qu'il ne soit définitivement installé au Venezuela ou que vous soyez fâchés, il peut revenir quand il veut dans notre pays, il ne sera pas inquiété. Je lui recommande seulement d'éviter le transit par l'Espagne, il est probable qu'un mandat intérieur contre lui y courre toujours ». Spontanément, sans user du moindre subterfuge, Inès avait répondu un simple « merci » suivi d'une bise, mais d'une si tendre sincérité que Darmon en fut presqu'ému.

Aussitôt informé par Inès dès son retour en Ile-de-France, Mikel, toujours méfiant, avait pris bien plus de précautions encore que celles recommandées par ce flic à l'égard duquel il continuait d'être soupçonneux par excès de prudence sans doute, mais peut-être aussi de jalousie. Ce n'est qu'une semaine après son départ de Caracas et quinze jours après le vingt-troisième anniversaire d'Inès qu'il regagnait la France à la fin de l'hiver, d'abord en avion via Montréal puis Zürich en Suisse, ensuite en auto-stop jusqu'à Genève, puis Lyon par le train, et enfin Bordeaux en autocar. Il avait ainsi soigneusement évité tous les contrôles douaniers potentiellement trop tatillons à l'égard des possesseurs de passeport espagnol nés au Pays basque.

La boîte aux lettres de son meublé de Talence qu'il n'avait plus occupé depuis plus de neuf mois et qui ne servit de pied-à-terre à Inès que lors de ses visites à son grand-père lorsqu'il était hospitalisé à Bordeaux, débordait de publicité. Mais Mikel avait toujours payé son loyer pour ne pas attirer l'attention sur lui. Il y vécut encore un mois après son retour, le temps de résilier son bail, avant de s'installer à Paris, dans une chambre de bonne de onze mètres carrés au sixième étage sans ascenseur, boulevard Murat, juste derrière le Trinquet, avec vue sur le terrain de pelote basque, mais c'était un pur hasard. D'ailleurs, toujours en vertu de son extrême prudence, il n'entra jamais à l'intérieur, n'y connaissant pas la moindre personne, pas même par curiosité ou par envie de parler en *euskara* avec un « compatriote » anonyme. C'est un ami de la fac à Bordeaux qui l'avait rencardé sur ce logement pas cher étant donné les prix du marché dans le quartier. Lui-même était monté à Paris après ses études un an plus tôt, y avait loué cette chambre à une riche rombière un peu déconnectée des réalités, contre la caution de ses parents et l'avait laissé à Mikel sans prévenir la propriétaire quand il s'en alla vivre chez l'amie qu'il venait de rencontrer. Pour gagner sa vie, Mikel allait de missions d'intérim en petits boulots au noir, sur des chantiers ou dans la restauration, et s'en sortait suffisamment correctement pour retrouver Inès plusieurs fois par semaine. C'est bien tout ce qui lui importait dans l'immédiat. Ça et retrouver sa mère, mais c'était encore trop risqué pour le moment, estimait-il.

De leur côté, les grands-parents d'Inès étaient régulièrement en voyage, sans doute pour profiter plus encore de la vie. Quand on passe si près de la fin, on sent comme un coup de fouet vous titiller l'âme et vous invitant à redoubler de jouissance. Alors, ils partaient en week-end dans les plus belles villes d'Europe ou pour de courts séjours en Andalousie, dans les îles de Méditerranée ou en Afrique du nord.

Quant à Inès donc, elle éprouvait de plus en plus de difficultés à vivre sous le même toit que le présumé galeux, assassin de son père… même si elle lui accordait encore un tout petit bénéfice du doute, faute d'avoir trouvé la preuve irréfutable de sa culpabilité. Mais ce qui la mettait particulièrement mal à l'aise, c'était la joie de vivre de celui-ci, son bonheur visible d'être auprès de sa petite-fille qui avaient semble-t-il décuplé depuis qu'il était sorti de l'antichambre de la mort et qui contrastaient singulièrement avec son propre état d'esprit. Peu à peu gagnée par ce qu'elle diagnostiqua comme de la schizophrénie, le retour définitif de Mikel et sa présence à ses côtés lui étaient d'un grand secours pour la surmonter. Comme une énorme bouée de sauvetage. Au bord de la déprime, c'est lui qui l'avait rattrapée par le col puis relancée jusqu'à l'obtention de sa licence en la faisant réviser chaque fois qu'ils pouvaient se voir, en lui remontant le moral quand ils ne pouvaient que se parler par téléphone ou par Skype, Mikel s'appliquant surtout à éloigner l'esprit de sa bien-aimée de tout ce qui s'était passé depuis un an comme lui-même l'avait fait. S'il avait finalement manqué sa cible, il était désormais satisfait d'avoir surmonté son désir de vengeance même s'il était parfaitement conscient que son geste avait toujours des répercussions sur Inès, plus graves encore que celles qu'il avait envisagées si ses deux tirs à bout portant avaient été mieux ajustés. C'est pourquoi il prenait le plus grand soin d'elle aujourd'hui, qu'il lui donnait plus d'amour qu'il n'avait osé ou su le faire jusqu'ici.

Débarrassée de la pression de sa fin de cycle universitaire et d'ores et déjà inscrite en master 1 pour la rentrée suivante, c'est le cœur un peu plus léger qu'Inès reprend le chemin d'*Ortzadarra* en cette mi-mai 2006 avec le ferme espoir d'y passer un été plus reposant et détendu que le précédent. De son côté, Mikel, temporairement sans travail pour une semaine, a invité sa mère pour de grandes retrouvailles à Paris. Forcément, avec son naturel suspicieux, il a monté tout un stratagème pour ne pas (re) mettre la Garde civile sur sa piste. Comme il s'imagine que le domicile familial et la ligne téléphonique sont toujours surveillés depuis son départ, c'est d'abord par carte postale qu'il donne rendez-vous à sa mère en la signant *Hire ttipi xoria (Ton petit oiseau)*, son sobriquet depuis qu'il est enfant. Ensuite, pas question que Terexa Ekiza, qui ne possède pas le permis de conduire, prenne un billet de train ou d'avion pour la France. Trop de traces, trop de risques de contrôle aléatoire de part et d'autre de la frontière en gare d'Irun ou d'Hendaye, et bien entendu à l'aéroport. Mikel ira donc la chercher en voiture mais pas non plus à Pasajes, jugé encore plus aventureux. Rendez-vous est donc pris dans un restaurant au village d'Arizkun à douze kilomètres de la frontière par le très tranquille col d'Ispeguy où Terexa se fera déposer par un couple d'amis qui a l'habitude de se rendre non loin de là. Mikel a tout prévu, tout calculé. Au prix de précautions infinies, c'est avec Inès et sa voiture immatriculée 95, comme de vrais touristes, qu'il retrouve enfin sa mère le 13 mai, plus de deux ans après l'avoir trop brièvement embrassée lors de son premier retour d'exil.

L'étreinte est tendre, émouvante et si prolongée qu'Inès est obligée de se racler la gorge pour rappeler sa présence.

– Maman, je te présente Inès, fait Mikel en s'écartant de sa mère qui essuie ses larmes. C'est la jeune fille dont je t'ai peu parlé pour la protéger. C'est surtout la jeune fille que j'aime.

Après un agréable déjeuner au restaurant, tous les trois prennent le chemin inverse. Inès accompagne ensuite Mikel et sa mère à la gare de Bayonne d'où ils gagneront Paris le lendemain après une nuit dans un hôtel à Bordeaux tandis qu'elle repart à Bassussarry rejoindre Amaia arrivée le même jour de Montpellier. Demain, comme chaque année, elles iront au festival Herri Urrats qui fête ses vingt ans et qui donne traditionnellement le départ de leurs propres festivités, du moins depuis qu'elles sont étudiantes.

Une semaine plus tard, Inès doit toutefois raccompagner Terexa Ekiza à Arizkun selon le même rituel défini par Mikel huit jours auparavant. Ce qui ne l'enchante guère. Étant donné la météo détestable, elle rêvait plus de paresser sous sa couette que de se taper encore des kilomètres à travers la montagne. Mais elle doit bien ça à Mikel. Petit bémol par rapport au trajet aller, ils passeront la frontière par Dantxaria, certes plus fréquentée et touristique, mais comme Inès n'a pas prévu de faire le plein d'essence avant de partir, c'est l'occasion de profiter de prix de carburants nettement plus bas de l'autre côté de la frontière. Le réservoir rempli, elle retrouve Terexa et Mikel qui s'apprêtent à régler leurs propres achats à la caisse d'une *venta*[42]. Terexa a insisté pour offrir un bijou à la « fiancée de son fils », mais en espèces a insisté celui-ci. En sortant son porte-monnaie, elle laisse tomber un portefeuille d'où s'échappe son DNI[43] qui glisse de l'autre côté de la caisse et que s'empresse de ramasser l'employé sous le regard noir, presque menaçant, de Mikel pas ravi par la situation.

« Ekiza? Ekiza de Pasaia[44] ? », interroge le caissier, la petite soixantaine grisonnante et bedonnante, qui n'a pu s'empêcher de jeter un œil sur le DNI que lui arrache Mikel des mains. « Vous êtes de la famille d'Aitor? », poursuit-il en *euskara*. « C'était mon mari », s'empresse de confirmer tout sourire Terexa, radieuse, coupant l'herbe sous le pied de Mikel qui allait affirmer le contraire. Rapidement pourtant, Ekiza junior semble se détendre quand la discussion s'engage plus avant et à voix basses. Inès qui y assiste n'y comprend rien mais elle saisit au passage un nom qui la glace: « Capo ». Pas débordé par la clientèle, l'homme se fait remplacer à la caisse et entraîne la famille Ekiza à la brasserie attenante à la *venta*.

42- Les *ventas* sont des magasins détaxés qui pullulent sitôt passée la frontière entre Pays basque nord et sud.

43- *Documento nacional de identidad*, l'équivalent de la Carte nationale d'identité en France.

44- Le nom basque de Pasajes.

– Je peux savoir ce qui se passe? demande Inès en castillan afin que le caissier saisisse qu'elle n'a pas compris ce qui s'était dit jusqu'ici.

À présent, c'est lui qui semble suspicieux et qui questionne Mikel du regard.

– C'est Inès, la fille d'Andoni Accoceberry. Ma fiancée, répond Mikel, également en castillan.

Bien que surpris par la coïncidence, le caissier de la *venta* n'en est pas moins enchanté de faire la connaissance d'Inès. Et Asier, c'est son nom, de poursuivre son récit... en castillan.

– Je n'ai vu Andoni qu'une seule fois. Il était avec un de nos amis communs, Gorka Solozábal. Un p'tit gars bien, plein d'entrain, joyeux. Un peu plus jeune qu'Aitor et moi si je me souviens bien.

– J'ai cru vous entendre parler de Capo, s'enquiert Inès, le visage un peu fermé, pas affectée par l'évocation de son père. Que savez-vous de lui?

– C'est ce que j'étais en train d'expliquer à Mikel. Je ne sais rien de lui mais je me souviens de son tout premier coup. C'était la première fois qu'on entendait parler des « galeux à la moto ». Et la dernière c'était quand ils ont tué vos pères.

– Qu'est-ce qui t'a marqué la première fois? reprend Mikel.

– Une boucherie. Déjà. Mais une boucherie aveugle. C'était dans un bar à Ziburu[45]. Ils ont tiré dans le tas et

45- Le nom basque de Ciboure.

tué un pauvre gosse et son père. De simples touristes. Une dizaine d'années. C'est ça, le gosse n'avait pas plus de dix ans. La balle était sans doute pour son père que les galeux devaient prendre pour un *etarra*, mais elle l'a traversé atteignant aussi le gamin qui était dans ses bras. Je ne me suis jamais remis de voir ça.

– Le visage des tueurs, quelqu'un les a vus ? Ils ont dit quelque chose ?

– Ils ont toujours opéré avec leur casque sur la tête mais je crois que la mère du gamin avait des choses à dire à la police. Bon… on ne pouvait pas s'en mêler, je ne sais pas ce que les flics ont fait de son témoignage, en tout cas ça n'a pas empêché les galeux à la moto de continuer leur jeu de massacre encore un bout de temps. Vous en savez quelque chose mes pauvres enfants…

– Comment s'appelle cette dame ? D'où venait cette famille ?

– Ça, j'en sais rien du tout. Des gens du midi de la France je crois, d'après ce qu'en on dit les journaux locaux à l'époque. Mais je ne me souviens plus très bien. Ça ne m'a pas marqué parce que je ne comprends pas très bien le français.

Les vingt minutes de route jusqu'à l'église d'Arizkun où Terexa a rendez-vous avec ses amis pour rentrer à Pasajes, s'effectuent dans un silence pesant, chacun étant à ses pensées plus ou moins noires. Terexa se remémore son mari dont Aiser a même tiré une photo de son portefeuille sur laquelle les deux amis posent en compagnie de collègues dockers sur le port de Bilbao ; Mikel, lui, se figure de nouveau la scène où « Capo » a descendu son père. Quant à Inès, même si elle ne sait quel crédit accorder à ces nouvelles révélations, elle imagine son grand-père, casque sur la tête, tout de cuir vêtu. Casimiro Pozuelo, le « galeux à la moto ». Cette image prend de nouveau des contours plus nets maintenant et la hante.

– Avec toute cette histoire, j'ai failli oublier de te donner ça, annonce Terexa au moment d'étreindre Inès en lui tendant un petit paquet devant l'église d'Arizkun.

– C'est magnifique. Il ne fallait pas, s'émeut Inès en découvrant un collier en argent et cuir auquel est suspendue une pierre de jade. Je suis ravie que nous ayons pu enfin nous rencontrer. Mikel n'est pas très bavard sur ses parents.

– Tout comme il m'a pratiquement caché ton existence. Mais tu le connais, il est un peu ténébreux, ne se livre pas facilement... Eh bien j'espère que nous nous verrons plus souvent maintenant. Je me réjouis aussi de rencontrer tes grands-parents prochainement.

– Je ne suis pas tout à fait sûre que ce soit une bonne idée, conclut Inès alors que la voiture des amis de Terexa est en vue.

Après la nuit passée à *Ortzadarra*, Mikel doit rentrer à Paris dès le lendemain. Non seulement il a retrouvé un petit boulot mais Jocelyne et Casimiro Pozuelo ont annoncé leur arrivée au retour d'un séjour à Madrid afin de passer quelques jours, peut-être les derniers, dans leur résidence secondaire, ayant pris rendez-vous avec plusieurs agences immobilières pour évaluer leur bien.

– Que vas-tu faire ? demande Mikel qui perçoit bien l'appréhension d'Inès.

– Je ne sais pas… Mais il faut que je sache. Que je sache vraiment cette fois. Je n'en peux plus de cette situation de non-dits.

Les vacances d'Inès s'annoncent soudain aussi tourmentées que celles de l'an passé.

22

« Elle a vu les tueurs s'enfuir ! »

– Allô ?

L'appel de Terexa surprend Inès. Pas tant par son caractère très matinal que par sa nécessité immédiate. Pour des raisons de commodités et de sécurité, encore et toujours, il a été convenu pas plus tard que la veille, qu'en cas d'urgence, Terexa pouvait communiquer avec son fils par l'intermédiaire du téléphone d'Inès. En répondant ce matin, elle se demande si elle a bien fait d'accepter. À peine une demi-journée que Terexa a quitté son fils que la voilà déjà à lui téléphoner.

– Inès ? C'est bien toi ?

– Oui, c'est moi, fait Inès d'un ton las.

– Je te réveille peut-être, imagine Terexa.

– Non pas du tout. Mikel est sous la douche et je m'apprêtais à l'emmener à la gare pour qu'il rentre à Paris. Il te rappelle ?

– Je crois qu'il a gardé mon DNI ou alors c'est que je l'ai oublié à la *venta*. Demande-lui seulement de vérifier. Je t'embrasse.

Vérification faite, c'est bien Mikel qui a conservé dans son portefeuille la carte d'identité de sa mère. Ouf, soupire intérieurement Inès, c'est bien pour une urgence que Terexa appelait. En revanche, ce qui l'arrange moins, c'est que c'est elle qui devra la lui rapporter. « Tu n'es pas obligée de venir jusqu'à Pasaia. Je prendrai le bus et on peut se retrouver à la gare de Donostia. Je t'inviterai à déjeuner dans un bon restaurant à côté », a proposé Terexa un peu plus tard, consciente du dérangement que cela pouvait causer à Inès.

Sitôt Mikel déposé à la gare, Inès prend la direction de Saint-Jean-de-Luz. Elle ne l'avait pas forcément prévu en quittant *Ortzadarra* une heure plus tôt, mais depuis les dernières informations livrées par Asier, le caissier de la *venta* de Dantxaria, cela lui trotte dans la tête. Tellement qu'elle en a été quitte pour une nuit blanche. Si quelqu'un a entendu la voix de « Capo » ou mieux encore l'a vu, il faut qu'elle en ait le cœur net : a-t-il une ressemblance quelconque avec Casimiro Pozuelo ?

Alors l'idée lui a jailli en apercevant la Une du journal *Sud Ouest* à la devanture d'un kiosque de la gare. Consulter les archives du quotidien régional sur la tuerie de Ciboure, vingt-et-un ans plus tôt, pour en savoir plus sur la famille décimée. À l'agence locale du journal, boulevard Victor-Hugo à Saint-Jean-de-Luz (dont dépend Ciboure), on lui répond que les archives aussi anciennes ne sont pas conservées ici mais à Bordeaux. De plus, au moment des faits, personne ne travaillait encore à cette rédaction. Pour la renseigner, on lui propose donc de se mettre en rapport avec l'ancien responsable de la locale, aujourd'hui à la retraite. Un coup de fil plus tard, afin de vérifier que l'intéressé soit bien d'accord, Inès prend directement rendez-vous avec lui pour l'après-midi même à Saint-Jean-Pied-de-Port à une heure de route d'ici. « Je vous attendrai à l'entrée de la citadelle par la rue d'Espagne », avait gentiment proposé le journaliste retraité. « Et j'aurai un bob *Sud Ouest* sur la tête, vous ne pourrez pas vous tromper ».

À l'heure convenue, Inès se présente sous le porche d'entrée de la citadelle et s'approche d'un grand monsieur, légèrement voûté à la chevelure ébouriffée sous un bob *Sud Ouest*.

– Monsieur Paul Abadie je présume ? l'aborde-t-elle.

– Comment m'avez-vous reconnu ? plaisante l'homme à l'accent chantant dans un grand éclat de rire qui détend aussitôt Inès. Ce que je peux être ridicule avec ce chapeau. Il n'y a pas plus de soleil en ce moment que d'eau au Sahara et moi je me trimbale avec un chapeau publicitaire.

Enfin… j'ai déjà fait pire. Alors jeune fille, qu'y a-t-il de si important à vos beaux yeux pour que vous me dérangiez à l'heure de ma sieste ?

– Je suis désolée. Je voulais vous parler d'un événement ancien, à l'époque des…

– Stop ! coupe le truculent retraité en fourrant son bob en boule au fond de la poche de sa veste. Vous croyez vraiment que nous allons discuter ici au milieu des touristes qui passent et repassent. Je serais un sacré gougnafier si je vous imposais ce traitement. Et bien sûr, vous ne me dérangez pas, d'autant que je ne fais jamais la sieste. Vous m'imaginez vraiment dans un grand fauteuil roupillant devant Derrick ? Non, je suis en train d'écrire mes mémoires, pas à des fins de publication mais juste pour me souvenir et m'occuper. Écrire, c'est tout ce que je sais faire. Venez, nous allons prendre un verre à côté du pont, ou quelque chose de chaud. Je vous aurais bien reçu chez moi mais ma femme n'aime pas trop les visites professionnelles. Elle dit toujours que, encore maintenant, je suis plus marié à ma rédaction qu'à elle-même. Je ne lui donne pas tout à fait tort.

Quelques instants plus tard, attablés dans l'arrière-salle d'un café surplombant la Nive, Inès devant un capuccino débordant de chantilly et Paul Abadie face un petit noir bien serré, la discussion peut réellement s'engager.

– Si j'ai demandé à vous rencontrer, reprend Inès, c'est parce que je cherche des renseignements sur un événement qui date de l'époque des GAL.

– Ah ! La guerre sale. *Putaing* d'époque. Quel événement plus précisément ?

– La tuerie dans un bar de Ciboure en 1985, je n'ai pas la date pré…

– 26 mars 1985 ! Une boucherie. Un militant ETA tué, d'autres blessés mais surtout une famille de touristes frappée en plein cœur. Un père et son fils morts, la femme seule survivante. J'ai écrit le papier là-dessus, vous pensez si je m'en souviens…

– C'est bien cette histoire, oui. Savez-vous ce qui s'est passé exactement ? Qu'avez-vous écrit à l'époque ?

– Que c'était un attentat des GAL. Ils l'ont revendiqué très vite. « Les galeux à la moto » qu'on appelait ce commando-là.

– Vous savez quelque chose sur eux ?

– On a dit beaucoup de choses. Par exemple que c'était des flics français ou l'un Français, l'autre Espagnol. Mais bon, rien d'original. Tout le monde sait que les galeux étaient soit des flics soit des voyous de droit commun reconvertis en mercenaires pour de l'argent ou par idéologie fascisante.

– Avez-vous entendu parler d'un certain « Capo » ?

– Un galeux, oui. Mystérieux jusqu'à la fin.

– Il est mort ?

– Je parle de la fin des GAL.

– Personne ne l'a jamais vu ?

– Pas à ma connaissance.

– Et cette dame, la survivante de Ciboure ?

– Je n'ai jamais pu la rencontrer pour avoir son témoignage. Elle a immédiatement été prise en charge par la police, procédure normale. Mais rien n'a jamais filtré. Il y avait une véritable rétention d'info à son sujet et au sujet de cette tuerie plus particulièrement, orchestrée par le grand manitou de l'antiterrorisme ETA de l'époque.

– Le commissaire Chaloyard ?

– Vous le connaissez ?

– Un peu.

– Tous les flics, tous les magistrats, laissent toujours filtrer des infos. Mais lui, une tombe. Tiens, j'ai entendu dire qu'il était à la retraite. Pourtant il est bien plus jeune que moi.

– Donc cette dame… ?

– J'ai appris son nom des années après lors du procès des GAL en 1991. Elle était partie civile. J'ai voulu la rencontrer mais elle s'est jurée de ne plus jamais évoquer ce drame, surtout à la presse.

– Comment s'appelle-t-elle ? Où puis-je la trouver ?

– Véronique Castaneda, mais je crois qu'elle a repris son nom de jeune fille et lui, je l'ignore. Elle habitait à Tonneins, dans le Lot-et-Garonne. Je peux vous demander pourquoi vous vous intéressez à cette histoire ?

– C'est… très personnel. Disons que je suis une victime collatérale des GAL.

Trouver un Castaneda à Tonneins où aux alentours n'est pas très compliqué. Il y en a pléthore, la plupart descendants de réfugiés espagnols. Du coup, le plus difficile c'est de trouver le bon. Après deux jours et de nombreux coups de fil, en affinant sa recherche mais sans être trop indiscrète, Inès finit par tomber sur une Sylvette Demarsac, veuve Castaneda, mère de Pablo, grand-mère de Thomas et Justine et… belle-mère de Véronique.

– Oui, oui, l'appartement est bien au nom de Véronique mais c'est ma petite-fille qui l'habite. Véronique vit à Toulouse maintenant… Excusez-moi, j'ai bien compris de quoi vous vouliez parler mais à qui exactement ?

Sylvette Demarsac répond au téléphone un peu naïvement. Elle confirme sans problème à Inès, qui lui est pourtant totalement étrangère, que ce sont bien Pablo et Thomas, son fils et son petit-fils qui ont été tués dans ce bar de Ciboure en 1985.

– Je veux parler de cette histoire avec ses témoins, répond Inès. C'est très important pour moi et je pense que nous pouvons peut-être nous entraider.

– Eh bien les seuls témoins ce sont Véronique et sa sœur Jeanne.

– Sa sœur Jeanne ? s'étonne bruyamment Inès. J'ignorais que Véronique avait une sœur et surtout qu'elle avait été témoin de… des événements.

– Enfin pas directement non. Elle a seulement vu les tueurs s'enfuir…

– Et où vit Jeanne ? coupe Inès.

– Près de chez moi à Clairac où je rentre ce soir.

La vieille dame a toujours vécu dans ce gros village du Lot-et-Garonne et si elle a répondu au téléphone chez sa petite-fille à Tonneins c'est parce qu'elle y avait un rendez-vous médical ce matin-là. Sentant peut-être qu'elle est allée trop loin dans ses propos, elle ne veut pas laisser son adresse à Inès, encore moins donner celle de Jeanne. « Je préfère que vous voyiez d'abord ma petite-fille. Demain c'est samedi, elle travaille au salon de coiffure mais si vous pouvez, venez dimanche après-midi sur la place Vicoze, devant l'ancien hôtel des Glycines, vers 15 h. Elle vient manger chez moi tous les dimanches, je lui en parlerai », a-t-elle proposé pour arranger, ce qu'Inès a aussitôt accepté. Pas le choix.

23

« LES GALEUX À LA MOTO PLAISANTAIENT »

Samedi 27 mai. Alors qu'Amaia vient de lui proposer le programme qu'elle leur a concocté pour le week-end, Inès se sent de nouveau contrainte de la jouer énigmatique et de tout décliner ou presque. Ce drame est personnel, familial et même si Amaia est un peu sa « sœurette » et qu'elle en sait déjà beaucoup, plutôt que lui cacher des choses c'est la protéger des inévitables répercussions qu'Inès cherche avant tout à faire en agissant de la sorte. Même si elle crève d'envie de partager ce qu'elle vient encore d'apprendre, même si elle ressent plus que jamais le besoin de s'appuyer sur un soutien indéfectible, surtout depuis que Mikel est reparti. Amaia, contrariée, a toutefois du mal à comprendre et se demande si leurs liens ne sont pas en train de se distendre. Déjà qu'Inès s'est éclipsée en semaine pour se rendre à Saint-Jean-Pied-de-Port, à présent elle dit être « dans l'obligation d'aller déjeuner ce midi à Saint-Sébastien avec la mère de Mikel » et dimanche après-midi de « faire un aller-retour assez loin, toujours pour l'histoire que tu sais », lui annonce-t-elle mystérieusement.

– Bon, mais tu peux quand même manger à la maison ce soir, même si on ne sort pas après ? s'incline Amaia déçue qui, pas rancunière, lui propose de l'emmener à la gare et de venir la récupérer ensuite.

– Qu'est-ce que je ferais sans toi, accepte Inès. Je sais que je ne suis pas très présente cette semaine mais j'espère que tout sera bientôt terminé pour de bon, peut-être dès demain.

En chemin pour la gare d'Hendaye, Inès reçoit un texto de son grand-père qui lui annonce que lui et sa femme seront à *Ortzadarra* le soir même, de retour de Madrid, pour retrouver « leur petite-fille chérie ».

– Je ne les ai pas vu depuis presqu'un mois, je crois quand même qu'il faut que je dîne avec eux ce soir, avertit Inès à l'adresse d'Amaia. Surtout que demain je n'aurai pas le temps de déjeuner.

D'un hochement de tête, Amaia fait signe qu'elle comprend. En tout cas, elle essaye…

Sur la place Eazo à la sortie de la gare de Donostia-Amara, Inès n'a aucune difficulté à retrouver Terexa Ekiza arrivée quelques minutes plus tôt par le bus. Avant d'oublier, elle lui rend immédiatement son DNI et, comme promis par Terexa, elles s'en vont toutes les deux déjeuner non loin de là. Même si elle évite soigneusement d'évoquer le passé militant de son mari, Terexa en apprend plus à Inès sur le père de Mikel en une heure qu'elle n'en connaissait par son fils. Le portrait d'Aitor que lui brosse Terexa n'est pas sans lui rappeler celui qu'elle connaît de son propre père, même si le souvenir de sa vie d'avant, lorsqu'elle était enfant, commence sérieusement à pâlir. Du coup, elle se trouve encore plus de proximité avec Mikel. De son côté, elle ne s'étend guère sur ses parents « morts en m'accouchant pour ma mère et dans un accident pour mon père », explique-t-elle laconiquement. Si elle est un peu plus diserte sur ses grands-parents, Inès ne mentionne évidemment pas ce qui relie à jamais Mikel à Casimiro et elle ne suggère même pas le passé de son grand-père qui pourrait donc avoir été l'assassin du mari du Terexa. D'ailleurs, l'idée ne l'effleure pas une seconde. Pour Inès, Terexa est la mère de son compagnon, un point c'est tout. Il s'agit de ménager les esprits, tous les esprits.

En retournant vers la gare après déjeuner, Inès croit halluciner une première fois en apercevant la voiture de son grand-père rangée en double file, feux de détresse clignotant. À peine dix minutes plus tard, assise dans son train, c'est avec certitude cette fois, qu'elle reconnaît

Jocelyne descendre du Bilbao-Donostia. Elle éprouve instantanément l'envie de lui faire signe, lui signaler qu'elle a vu son « Papou » dehors, visiblement à l'attendre, mais elle se ravise parce qu'elle ne s'explique pas comment et pourquoi cela est possible. Jamais il n'avait été question d'un passage par Saint-Sébastien avant le début de leur séjour dans la capitale espagnole, pas plus dans le texto de Casimiro deux ou trois heures plus tôt. Encore moins d'un voyage en train de sa grand-mère. Ce mystère supplémentaire la décontenance un peu plus et la cloue à son siège. D'autant qu'elle-même n'a aucun argument à avancer à ses grands-parents pour expliquer sa propre présence ici. Alors, c'est comme si de rien n'était qu'elle va faire quelques courses à l'hyper du coin et qu'elle les accueille à leur arrivée à *Ortzadarra* un peu plus tard.

Inès ne déborde certes pas d'enthousiasme mais elle fait bonne figure et masque sa défiance. Au moins jusqu'au rendez-vous du lendemain. Jocelyne et Casimiro se montrent quant à eux fidèles à leur image (à leur masque, pense Inès). Elle, un peu distante mais visiblement contente de revoir sa petite-fille ; lui, carrément aux anges. Pendant l'apéritif, ils lui offrent une magnifique montre de marque pour la récompenser de sa licence et le dîner se poursuit le plus normalement possible. Ce n'est qu'au dessert qu'Inès leur indique que le lendemain midi elle ne déjeunera pas avec eux. Pour renforcer son alibi, elle a finalement demandé à Amaia, ravie, de l'accompagner. « Mais bien sûr ma petite chérie, sors, amuse-toi, profite maintenant que tu es en vacances. Tu l'as bien mérité, c'était une année difficile », l'encourage Casimiro.

Cette nuit-là, Inès a encore du mal à trouver le sommeil. Décidément, cela devient habituel et si elle ne s'en étonne pas, cette situation ne la satisfait aucunement, elle qui avait toujours dormi comme un bébé jusqu'ici. Jusqu'à cette foutue histoire.

Le lendemain, elle se lève juste à temps pour avaler un café au lait et une madeleine qu'elle ne termine même pas avant qu'Amaia, prévenue par texto, n'arrive par le jardin. Inès n'avait guère envie de discuter avec son grand-père le jour où elle redoutait d'apprendre la vérité implacable sur lui. « Ne m'attendez pas non plus ce soir, on va peut-être rentrer tard », lance-t-elle alors simplement en quittant la maison tandis que midi commence à sonner ses douze coups.

La chaleur devient vite accablante à l'intérieur de la Clio. Un grand quart sud-ouest de la France s'est paré depuis la veille de ses habits d'été et comme la route est longue jusqu'au Lot-et-Garonne, Inès et Amaia font de courtes mais de multiples haltes pour s'hydrater et se relayer. Presque trois heures après leur départ, c'est légèrement en avance qu'elles arrivent à Clairac, place Vicoze. Pourvu que Madame Demarsac, veuve Castaneda, ait pensé à parler de sa venue à sa petite-fille vu qu'elle ne semblait pas avoir toute sa tête, craint un instant Inès ; et pourvu que celle-ci soit bien présente, qu'elle n'ait pas pensé à un canular ou bien qu'elle n'ait pas eu envie de parler de tout ça tant d'années après.

Les rues de Clairac sont pour le moins bien clairsemées à cette heure-ci de l'après-midi. Si le GPS du téléphone d'Amaia n'a eu aucune peine à les mener à la place Vicoze, trouver « l'ancien hôtel Les Glycines » n'est pas aussi simple, toute trace de son existence ayant manifestement été effacée. Et comme la place est assez vaste…

– Il est là, juste derrière vous, les informe une vieille dame voûtée et appuyée sur sa canne, coiffée d'un chapeau de paille pour la protéger du soleil. Mais il y a longtemps qu'il est fermé… Vous cherchez quoi exactement ?

– Nous avons rendez-vous avec madame Demarsac… enfin Castaneda, explique Inès.

– Ah Sylvette ? Elle doit venir ici ?

– Plutôt sa petite-fille. Elle doit venir nous chercher pour nous conduire jusqu'à sa grand-mère.

– Mais Sylvette habite en bas de la route de la Plage, près du camping. Pourquoi ne pas y aller directement ?

– Nous devons d'abord voir sa petite-fille. Vous connaissez bien madame Castaneda ?

– Nous avons travaillé ensemble au restaurant de l'hôtel derrière vous tenu par des gens charmants, Raymond et Françoise. Quand le fils de Sylvette est mort, dans des conditions terribles vous savez, un an après son mari, ça lui a fait du bien de voir du monde. Il y avait beaucoup de passage à l'époque aux Glycines. On y mangeait très bien… Tenez, je crois que voilà justement la petite-fille de Sylvette, là-bas. Oui, c'est elle. Alors je vous laisse mesdemoiselles.

– Merci bien madame.

Une jeune fille, peut-être un peu plus âgée qu'Inès et Amaia, blonde comme la dune, un peu ronde, vient de sortir d'une Fiat Punto framboise et regarde autour d'elle. Ce sont les deux sœurettes, qui ont un temps d'avance sur elle, qui s'approchent et se présentent les premières. Justine Castaneda trace un sourire sur son visage qui dessine deux fossettes en ses extrémités, comme si elle était soulagée d'avoir affaire à deux jeunes filles de sa génération. Cependant, plus prudente que sa grand-mère, elle les questionne sur le motif de leur venue. Inès qui a présenté Amaia comme sa cousine pour conserver un caractère privé au drame qu'elles ont en commun, est directe.

– Mon père Andoni a été tué par un commando des GAL appelé « les galeux à la moto » en mai 1985. J'ai appris récemment que madame Véronique Castaneda avait vécu le même drame en perdant son mari et son fils trois mois plus tôt, tués par le même commando à Ciboure.

– Pourquoi vouloir alors parler à ma grand-mère? demande la coiffeuse de Tonneins.

– En fait, je pensais appeler Véronique Castaneda mais votre grand-mère m'a dit qu'elle n'habitait plus ici, que sa petite-fille avait récupéré l'appartement. C'est vous peut-être?

– Oui, je suis la fille de Véronique. Les morts de Ciboure sont mon père et mon grand frère.

Un court blanc s'immisce dans la conversation qu'Inès rompt d'une formule aussi banale que « je suis désolée », mais seule adaptée aux circonstances.

– Comment avez-vous eu le numéro de téléphone de mon appartement, enfin celui de ma mère ? continue Justine Castaneda.

– Je cherche à savoir qui est l'assassin de mon père, reprend Inès, émue, la voix un peu tremblotante. Alors en voulant consulter les archives du journal *Sud Ouest*, je suis arrivé jusqu'au journaliste qui a écrit sur l'assassinat de votre père et de votre frère et qui m'a orienté vers Tonneins avec ce nom, le vôtre, tout en me précisant que votre mère avait repris son nom de jeune fille, que j'aurais donc du mal à la retrouver.

– Mais vous y êtes parvenue…

– J'ai appelé tous les Castaneda du coin, jusqu'à ce que je tombe sur votre appartement et votre grand-mère.

– Je crains qu'on ne sache jamais qui était l'assassin. La police n'a jamais rien trouvé…

– Je sais que votre mère et votre tante ont vu ou entendu des choses.

– Pas grand-chose malheureusement. En tout cas pas assez pour que la police les retrouve.

– Je voulais juste savoir quoi. Pour m'aider à comprendre…

– Ma mère n'habite plus ici et ne souhaite de toute façon plus parler de tout ça. Voulez-vous voir ma tante ? Nous déjeunions chez ma grand-mère près de la plage, c'est pas loin.

– Oui, sourit généreusement Inès. Merci c'est très gentil.

Une poignée de secondes plus tard, les jeunes filles rangent leur voiture sur un petit parking qui surplombe, en effet (l'existence du lieu avait surpris Inès), une belle plage aménagée au bord du Lot, tout près de l'entrée d'un camping. En revenant un peu sur leurs pas, elles atteignent la maison de Sylvette Demarsac et croisent des messieurs et une tripotée d'enfants en route pour aller se rafraîchir à la rivière. Justine Castaneda fait rapidement les présentations : « Mon mari, mon cousin et nos enfants, enfin seul le plus petit est le mien. Cédric, deux ans. Les quatre autres sont à mon cousin », avant d'ajouter une fois tout ce monde éloigné, « nous serons plus tranquilles pour discuter ».

Pendant que la propriétaire des lieux prépare du café et dispose dans un plat des parts de son gâteau aux pruneaux comme elle le fait chaque dimanche, Jeanne Noinville se lève accueillir en souriant les deux visiteuses du jour que sa nièce lui a indiquées juste avant comme étant dignes de confiance par un discret hochement de tête et clignement d'yeux.

« Vous venez d'où ? », « Qu'est-ce que vous faites dans la vie ? », etc. La conversation s'engage très classiquement, ordinairement. Un premier café avalé, quelques parts de gâteau descendues, les présentations faites, c'est Justine qui résume les raisons de la visite des « deux cousines ».

– Et donc vous vouliez savoir ce que ma sœur et moi avions vu le jour de l'assassinat de mon beau-frère et de mon neveu ? interroge Jeanne Noinville.

Les cheveux châtain clair et longs, une lourde frange qui se prend dans ses cils masquant à peine de beaux yeux verts et des lèvres charnues fraîchement repassées sous un rouge à lèvre rose vif, celle-ci est moulée dans une courte robe blanche cintrée qui laisse paraître de fins bras bronzés et des jambes ciselées tout aussi hâlées. Dessous, on devine aisément qu'elle ne porte pas de soutien-gorge. La cinquantaine légèrement passée, Inès pense qu'elle aimerait lui ressembler plus tard.

– C'est ça madame, répond poliment Inès, un peu intimidée.

Et Jeanne Noinville de relater les faits tels qu'elle les a vécus.

– Nous étions, avec ma sœur Véronique, son mari Pablo et leurs deux enfants Thomas et Justine que vous connaissez, au Pays basque pour quelques jours de vacances. Ce soir-là nous avions décidé de nous promener un peu à Saint-Jean-de-Luz. En retournant à la voiture qui était garée à Ciboure, mon beau-frère et mon neveu se sont arrêtés dans ce bar parce qu'ils voulaient voir la fin d'un match de rugby ou de foot, je ne sais plus très bien, qui y était diffusé. Il n'y en avait plus pour très longtemps. Avec ma sœur et Justine nous avons continué tranquillement jusqu'à notre voiture qui était sur la place, celle où il y a un fronton, vous connaissez peut-être (« oui », répondent Inès et Amaia de concert). Véronique a installé Justine dans son siège auto parce qu'elle était très fatiguée par une longue marche pour ses petites jambes, puis nous nous sommes assises, juste à côté, sur le muret, à attendre les garçons. Les premiers coups de feu ont résonné mais ce n'est que plus tard que nous avons compris de quoi il s'agissait. Bien plus tard…

– C'est-à-dire ? relance Inès.

– C'est-à-dire quand je suis retournée vers le bar ne voyant pas Pablo et Thomas revenir. Véronique était restée près de la voiture, Justine s'étant endormie.

Jeanne Noinville avale une gorgée de sa deuxième tasse de café qu'elle fait durer, comme pour reprendre son souffle. Et personne ne songe à l'interrompre tant il n'est pas difficile d'imaginer ce qu'elle a alors vu et vécu. Sylvette Demarsac et sa petite-fille qui connaissent pourtant le récit par cœur écoutent Jeanne religieusement, comme si elles l'entendaient pour la première fois, avec la même émotion.

– Bon, je vous passe les détails… C'était…

– Nous comprenons, fait Amaia qui supplée Inès, la gorge trop nouée. Que s'est-il passé ensuite ?

– Pas ensuite, avant. C'est surtout avant que c'est important, même si à ce moment-là nous n'en savions rien. Quelques secondes après les coups de feu, une moto s'est arrêtée près de nous. Deux personnes en sont descendues mais elles ne pouvaient pas nous voir puisque nous étions masquées par les voitures garées. Elles ont troqué leur blouson de cuir pour des vestes plus claires. Changé aussi de casque pour le pilote qui en a mis un rouge laissant le noir à l'autre. Tout ça était dans le coffre de leur voiture à quatre ou cinq rangs de la nôtre. Cela nous semblait vaguement curieux, mais nous n'y prêtions pas vraiment attention, ils s'apprêtaient à repartir, l'un à moto, l'autre en voiture. Ils avaient l'air pressé, mais ça ne les empêchait pas de plaisanter en se changeant.

– Que disaient-ils ?

– Ce sont plutôt des rires que nous entendions. Pour le reste, ils chuchotaient.

– Vous n'avez pas compris un mot de ce qu'ils disaient ? insiste Inès, revenue à elle.

– Juste une phrase au moment de se séparer...

24

« Si vite que coure le mensonge la vérité, un jour, le rejoint »

– Ah, Pantxika, vous voilà. Je suis bien content de vous voir.

Casimiro Pozuelo a l'air très inquiet et le fait savoir à sa voisine dont il guettait le retour du travail n'ayant que son numéro de téléphone fixe.

– Que se passe-t-il Casimiro ?

– Vous avez des nouvelles d'Inès ? Elle est avec Amaia ? Depuis qu'elles sont parties toutes les deux avant-hier midi, nous n'avons plus de nouvelles. Ça ne ressemble pas à ma petite-fille, je m'inquiète un peu.

– Elles reviennent ce soir. Elles ne sont pas loin, elles sont allées chez une copine d'Amaia à Milafranga… enfin à Villefranque. Mais je pensais que vous étiez au courant. Amaia est venue chercher quelques affaires avec Inès dimanche soir et elles sont reparties aussitôt.

Pour rentrer de Clairac, Inès avait laissé le volant à Amaia, ne se sentant pas la force de conduire. Quant à rentrer à la maison le soir même, c'était carrément inconcevable après les révélations de Jeanne Noinville. Alors les deux amies étaient passées prendre des affaires pour toutes les deux chez Amaia pour ensuite passer la nuit dans un endroit où Inès pourrait se distraire. Les parents de Mathilde, une autre amie d'Amaia depuis le collège, étant absents, c'est chez elle qu'elles filèrent. Les trois jeunes filles avalèrent en un temps record une première vodka orange, puis une deuxième avec un peu moins d'orange et terminèrent par plusieurs vodkas sans orange du tout. L'alcool joyeux, Inès avait ri presque toute la nuit. Des rires niais, imbéciles, entrecoupés malgré tout de quelques courtes crises de larmes, mais qui lui avaient fait le plus grand bien. Elle avait évacué, libéré toute la pression en elle. « Allez cocotte, lâche-toi », l'avaient encouragé Amaia et Mathilde, lui montrant aisément le chemin. Le réveil dans l'après-midi avec un terrible mal de tête n'avait pas tout à fait altéré l'impression de bonne soirée que toutes les trois avaient passée.

Vers 20 h, la Clio d'Inès s'arrête devant *Ortzadarra*. Amaia enlace son amie et lui souhaite « bon courage ».

Rassemblant cœur et énergie, tapant énergiquement dans ses mains, Inès se déclare prête (« Bon, c'est parti ! ») juste avant qu'Amaia n'ajoute « préviens-moi quand ce sera terminé ».

En entrant dans la maison, elle découvre Casimiro Pozuelo, seul dans son grand fauteuil de cuir à haut dossier arrondi, lisant ou plutôt relisant pour la énième fois les *Novelas Ejemplares* de Cervantes.

– Inès, ma chérie te voilà enfin, clame-t-il en se levant d'un bond. Où étais-tu passée ? Pourquoi tu ne nous as pas…

– Nanou n'est pas là ? coupe-t-elle sèchement.

– Elle peint dans son atelier.

– C'est peut-être mieux pour l'instant.

– Inès, ça va ? Tu as l'air bizarre. Je me suis fait du sou…

– Stop ! arrête ça tout de suite.

– Arrêter quoi ? Que se passe-t-il ?

– Tout ! Arrête tout ! Tout ce cinéma, tous ces mensonges ! C'est terminé.

– Inès ?!

Elle s'éloigne vers la fenêtre, déjà à la recherche de son second souffle. Les mains plaquées sur son visage, elle tente de contenir son émotion. Trop tard. Son grand-père s'approche.

– Laisse-moi !

– Ma chérie, explique-moi.

– Une seconde…

Pour se donner le courage dont elle pensait avoir fait le plein, elle se remémore la conversation avec Jeanne Noinville deux jours plus tôt à Clairac.

– Vous n'avez pas compris un mot de ce que les galeux disaient ? avait-elle demandé.

– Juste une phrase au moment de se séparer, avait répondu Jeanne.

– Laquelle ?

– En remontant sur son engin, le pilote a lancé à l'autre qu'il appelait « Capo », quelque chose comme : « Hé, on les a bien eus, hein ? Comme tu dis toujours : c'est comme dans le jardin, pas de pitié pour la vermine ». Je ne suis plus très sûre de la formule mais là, ça nous a franchement semblé curieux.

À cette évocation, Inès sentit ses jambes devenir cotonneuses, une bouffée de fièvre l'envahir. Il lui sembla ne plus pouvoir parler mais elle parvint tout de même à sortir :

– Cette phrase que vous avez entendue, ce n'était pas plutôt : « Au jardin comme à la ville, pas de vin pour la vermine » ?

– Oui, c'est ça. C'est précisément ça. Vous l'avez entendue aussi ? Ou plutôt quelqu'un vous a déjà rapporté cette phrase ?

Amaia répondit pour Inès par l'affirmative. Elle aussi a souvent entendu Casimiro Pozuelo prononcer cette formule, comme une maxime familiale.

Pendant que sa copine continuait à deviser avec Jeanne pour connaître d'autres éventuels détails, Inès s'était levée sans un mot et s'était approchée du balcon accrochant son regard sur le Lot où quelques baigneurs se hasardaient. Justine, qui lui avait emboîté le pas, s'approcha et lui frotta les épaules en remarquant les larmes qu'Inès avait laissées échapper silencieusement. Il fallut plusieurs minutes à tout le monde pour se remettre de ces instants écoulés qui venaient de raviver de si pénibles souvenirs à chacune. Inès, la première, revint à la charge.

– Et vous avez raconté tout ça à la police ?

– Naturellement. Véronique et moi avons indiqué exactement ce que je viens de te dire Inès, répondit Jeanne. Mais nous n'avons jamais eu que de vagues nouvelles par la suite. À la fin des GAL, celui qui était chargé de l'enquête est venu trouver Véronique pour lui dire que « les galeux à la moto » avaient probablement été descendus par la police espagnole.

Le chargé de l'enquête, c'était, comme chaque fois, Robert Chaloyard. « Jean-Loup ». Inséparable de « Capo ». Inès comprenait mieux à présent pourquoi aucune investigation n'avait abouti.

« Capo », son grand-père ! C'était sûr désormais. Quelqu'un l'avait entendu dire, même si ce n'était que par la bouche de son complice, ce qu'il aurait dû réserver à un usage uniquement « professionnel ». « Au jardin comme à la ville, pas de vin pour la vermine ». Toutefois, Inès n'était pas encore au bout de ses surprises.

En sortant la photo de ses parents posant de chaque côté de son grand-père devant le Parc des Princes en 1982, elle avait demandé à Jeanne « Vous reconnaissez quelqu'un ? » pour asseoir définitivement ses certitudes.

– Je devrais ? hésita Jeanne.

– Capo ?

– Montre-moi mieux. Je ne sais pas, elle me paraît bien jeune.

– Qui ça ?

– La femme, là, à côté des deux messieurs…

– Mais l'homme, là… au milieu, montra Inès de son index. Ce n'est pas Capo ?

– Capo ? Mais non, Capo c'est une femme.

– Quoi ? Une femme ?

– Ben oui, et tout compte fait, je suis certaine que ce n'est pas elle, conclut Jeanne en montrant Marie Accoceberry.

– Et cet homme au milieu, vous ne le reconnaissez pas ?

– Peut-être le pilote de la moto. C'est ce que tu me suggères ? Bon, je ne peux pas être affirmative. J'ai surtout entendu sa voix mais il était constamment de dos et puis je te le répète, nous ne prêtions pas vraiment attention à eux. La stature, oui peut-être… Il a peut-être la même stature que le pilote.

– Capo, comment était-elle ?

– Elle, je la reconnaîtrais je pense. Pas très grande, des cheveux courts, blonds, coiffés au carré, les traits fins, l'air tonique, un peu surexcitée.

Une femme ! « Capo » une femme ! Inès et Amaia se regardèrent, interdites, abasourdies. Elles n'y comprenaient plus rien. Jeanne Noinville avait-elle bien vu ? Sylvette et

Justine confirmèrent l'allégation qu'avait toujours avancée de son côté Véronique Castaneda. Il n'y avait aucun doute là-dessus.

Juste avant d'aller s'enivrer chez Mathilde, Inès eut comme un déclic. Il lui sembla qu'elle avait compris. Si son grand-père n'était peut-être pas « Capo », il en était son complice. Et si « Capo » était une femme, peut-être avait-il été amoureux d'elle, d'où cette espèce d'hommage posthume qu'il lui rendait en adoptant ses codes, ses façons de parler. « Au jardin comme à la ville, pas de vin pour la vermine ». Cela ne l'innocentait pas pour autant. Il n'était pas lavé de tous ses assassinats, de l'assassinat d'Andoni Accoceberry, d'Aitor Ekiza, de Pablo, de Thomas et de combien d'autres encore ? Il était du commando le plus sinistre et efficace de toute la courte histoire des GAL.

Casimiro Pozuelo s'assied maintenant à table en attendant que sa petite-fille se retourne et lui parle. Ses larmes essuyées, son visage asséché, remobilisée, elle fait quelques pas bien décidés en sa direction mais reste à distance, debout.

– Où étais-tu le 26 mars 1985 ? Et le 20 mai ? réclame-t-elle d'un ton sec.

– …

– Qu'as-tu fait ? hurle soudainement Inès. Qu'as-tu fait ces jours-là ? Et tant que j'y suis, que faisais-tu à Saint-

Sébastien samedi après-midi ? Pour rentrer de Madrid ce n'est pas la route…

Les yeux habituellement pétillants de Casimiro Pozuelo s'humidifient. La barbe désordonnée, aux tons mélangés de gris, blond, paille et blanc, qu'il s'est laissé pousser pour masquer la balafre qui lui défigure désormais le visage lui donne un air de vieillard. À l'inverse, son étonnante forme physique lui procure des allures de quadragénaire. Pozuelo serait-il tout et son contraire, posséderait-il une double facette, l'une antinomique à l'autre mais adaptable en toutes circonstances, au gré des situations ? Un « jeune vieillard », un grand-père « tendre assassin », un féru de culture ouvert sur le monde et fasciste ?

En entendant la gueulante d'Inès, Jocelyne sort de son atelier et s'apprête à entrer dans le séjour mais s'arrête finalement sur le pas de la porte lorsqu'elle entend son mari inviter sa petite-fille à s'approcher pour qu'il lui « explique ». Jocelyne prend la chaise du couloir, s'y assied et tend l'oreille. S'attend-elle aussi à découvrir la vérité sur son mari ?

– Je ne veux pas m'asseoir à la table d'un tueur ! éructe encore Inès.

– Ma chérie, s'il te plaît… fait tendrement Pozuelo. Avant de me juger, écoute-moi. Entends-moi.

– Je peux très bien le faire debout.

– Comme tu voudras… Pour les dates de 1985 dont tu me parles, je sais très bien à quoi tu fais allusion. Le 26 mars, je ne sais plus ce que je faisais mais le 20 mai, je me souviens parfaitement que j'étais à la remise des récompenses au Festival de Cannes, invité par le ministre de la Culture français. J'ai appris à mon retour le lendemain qu'on avait assassiné ton papa. J'ai immédiatement pensé à toi.

– Tu mens…

– Inès, laisse-moi te raconter. Depuis cette date, ma vie a changé. Je n'ai plus pensé qu'à toi, fille de ma fille, à ton avenir.

– C'est pour ça que tu as tué mon père? Pour me récupérer? Pour revivre avec moi les instants vécus avec ma mère? Mais tu es fou. Un fasciste assassin et fou. Remarque ce n'est pas contradictoire.

– Inès ça suffit maintenant! se fâche Pozuelo. Ne dis pas ça. Je n'ai jamais tué personne…

– Tu pilotais la moto des galeux…

– Je ne suis jamais monté sur une moto de ma vie…

– Tu mens encore. Je sais tout monsieur Pozuelo, coupe sarcastiquement Inès. Je vais te rafraîchir la mémoire. Le 26 mars après avoir descendu dans un bar de Ciboure trois personnes dont un enfant et son père qui n'étaient que des touristes, tu es allé te changer place du Fronton. Pas de chance, deux femmes t'ont entendu prononcer ton dicton préféré, que tu m'as appris toute petite. « Au jardin comme à la ville, pas de vin pour la vermine ». C'est toi la vermine.

– C'est bien mon dicton mais je ne l'ai jamais prononcé dans les circonstances que tu indiques. Je n'étais pas à Ciboure ce soir-là.

– Et tu ne connais pas Capo non plus peut-être ?

Casimiro Pozuelo reste muet un moment mais n'a pas l'air surpris par l'évocation de ce diminutif, comme s'il s'attendait à l'entendre. Pendant ce temps-là, Inès savoure le direct qu'elle vient de décocher. Pozuelo se lève alors, toujours silencieux puis va se rasseoir dans son fauteuil, comme un boxeur sonné retourne avec soulagement dans son coin quand le gong retentit. Il se penche en avant, les coudes sur ses cuisses… et sanglote dans ses mains.

– Me pardonneras-tu un jour ? implore-t-il.

– Tu as tué mon père, celui de Mikel… Comment je pourrais…

– Non, je n'ai tué personne. Me pardonneras-tu de t'avoir caché si longtemps la vérité, je voulais dire.

– La vérité ? Mais la vérité c'est que tu as assassiné… tellement de gens.

– Non. Je t'affirme que je n'ai tué personne. Mais c'est vrai, je connais Capo.

Inès patiente, tandis qu'il reprend son souffle comme s'il revenait d'un cauchemar.

– Capo, c'est… c'est Nanou, ta grand-mère. Son complice à la moto était un collègue à elle. J'aurais dû te le dire plus tôt mais je n'ai jamais trouvé les mots. Comment aurais-je dû faire selon toi ? Je ne sais pas.

Inès s'affale sur l'autre fauteuil face à son grand-père. Effondrée, en loques. Une nouvelle lumière vient éclairer tous les faits qu'elle connaissait, qu'elle avait appris ces derniers mois.

Sa grand-mère ancienne sportive complète ? Oui, cela colle à l'image du voltigeur de la moto des galeux, menu et agile comme un singe. Son hésitation à l'instant de tirer sur Andoni ? Oui, cela s'applique aussi bien à elle qu'Inès ne l'avait trop tôt attribué à Casimiro. Son choc émotionnel qui s'ensuivit puis son AVC, sa difficulté, plus tard, à communiquer avec sa petite fille, pas seulement verbalement ? Son manque de tendresse à son égard, comme si elle ne pouvait pas la regarder en face, comme si elle ne pouvait pas l'aimer à cause de l'énorme poids qui pesait sur ses épaules ? Le coffre-fort dans son atelier ? Plus près d'aujourd'hui encore, son agacement, sa colère presque, lorsqu'elle s'est rendue au Venezuela, à la recherche de la vérité ? Et tant d'autres petits détails qui prennent à présent leur véritable valeur.

– Nanou ? Mais comment ? Pourquoi ?

– Ta grand-mère n'a pas toujours été telle que tu la connais. Nous nous sommes rencontrés début 1963 au musée du Prado à Madrid. J'étais jeune adjoint du conservateur, elle commençait ses études aux Beaux-Arts à Bordeaux et était tombée sous le charme de la collection Velásquez, tout comme moi. Nous nous sommes plu tout de suite. Mais nous n'avons pas eu le temps de nous découvrir, elle a été enceinte très vite de ta maman et a dû abandonner ses études. Je passais mon temps entre Madrid où je vivais, et Bordeaux où elle habitait avec ses parents et ta maman alors tout bébé. Une période très difficile pour tout le monde. J'ai obtenu ma nomination comme attaché culturel au consulat d'Espagne à Bayonne en 1966 et nous avons alors pu vivre ensemble tous les trois une première fois.

– Comment était Nanou, et ses parents qui étaient-ils ?

– Une très belle jeune femme, blonde, d'une famille rapatriée d'Algérie. Ses parents y tenaient un restaurant prospère sur la plage de Bouisseville, près d'Oran.

– Que s'est-il passé pour qu'elle devienne une... galeuse ? Inès ose à peine la qualifier ainsi.

– En 1968, excédée par les événements de mai à Paris et par l'attitude du général de Gaulle « aussi lâche qu'en Algérie », elle me dit qu'elle ne veut plus vivre ici, dans ce pays. Nous sommes alors repartis à Madrid en 1970 où j'ai travaillé comme adjoint au service Culture de l'agence de presse EFE, comme tu l'as découvert. En 1974, je n'ai pas eu le choix, on m'a nommé au consulat à Pau. Nanou a accepté un retour en France, d'autant que le pays lui manquait un peu finalement et que ses parents étaient très malades. Mais elle était devenue aigrie. Elle a voulu travailler et est alors entrée à l'école de police de Bordeaux. Elle a été affectée à Bayonne à la Police de l'air et des frontières et j'ai demandé et obtenu une nouvelle mutation au consulat. Travaillant dans la même ville, notre situation était enfin stabilisée. Mais nous avions un peu délaissé ta maman devenue adolescente difficile et qui était source de conflit entre nous.

– Mais ce n'est quand même pas ça qui l'a fait basculer ?

– Non bien sûr. En 1977 elle retrouve dans le cadre de son travail un ami d'Algérie, Robert Chaloyard, qu'elle me présente. Je pense qu'il y avait bien plus de points communs entre eux qu'entre elle et moi finalement. Nanou a sans doute renoué une relation suivie avec Chaloyard à ce moment-là. Une relation privée, extra-professionnelle. Mais il m'a fallu attendre 1984 pour m'en rendre compte, quand un beau jour elle s'est rendue au consulat. Je n'étais pas censé m'y trouver parce que j'étais malade mais j'avais des dossiers à récupérer et j'ai vu Nanou sortir du bureau du consul d'Espagne avec Chaloyard. Ce n'est que bien plus tard que j'ai compris que tout ce beau monde venait de monter un commando des GAL.

– Comment as-tu fait le rapprochement ?

– Nos rapports étaient devenus plus distants encore après ses retrouvailles avec Chaloyard. Nanou rentrait tard le soir même quand elle travaillait tôt le matin. À son bureau, quand j'y téléphonais, on me répondait qu'elle était partie depuis longtemps. Puis j'ai découvert dans le coffre de sa voiture une tenue de motard, toute noire, alors que nous n'avions pas de moto. J'ai pensé qu'elle sortait avec Chaloyard sur ce type d'engin, mais j'ai vite fait le rapprochement avec « les galeux à la moto » quand ils ont commencé à faire parler d'eux. À chaque attentat d'ETA, elle tenait des propos de plus en plus agressifs. Pourtant elle aurait dû moins se sentir concernée que moi. Un jour, elle a dit, « il faudra bien les éliminer tous ces pourris et les cocos avec ». Elle portait la haine en elle. Je ne reconnaissais vraiment plus la petite princesse frêle que j'avais croisée une vingtaine d'années plus tôt au Prado.

– Pourquoi ne l'as-tu pas quittée ?

– Nous y pensions sérieusement. Marie venait de quitter la maison pour se marier avec ton papa. Nous allions nous retrouver en tête-à-tête dans une sorte de huis-clos sartrien. Elle me reprochait ma passivité, mon manque de conviction politique. Tu vois, j'étais loin d'être un franquiste. Et puis, le 20 mai est arrivé. Quand je suis rentré du festival de Cannes, j'ai trouvé Nanou prostrée dans l'appartement que nous habitions alors, incapable de parler. Puis j'ai appris dans la foulée par des voisins le carton des « galeux à la moto » à Saint-Pierre-d'Irube, dont Andoni avait été l'une des victimes. J'ai compris qu'elle y était pour quelque chose. J'ai espéré que ce n'était pas elle qui avait tiré, mais…

Remontant ses genoux à son visage, y enserrant ses bras tout autour, Inès se cache pour, une fois de plus, déverser toutes les larmes de son corps. Ainsi en position du fœtus, son grand-père la soulève sans peine puis la redépose sur ses genoux en l'enlaçant tendrement.

– Elle aimait vraiment ton papa dont elle ignorait, c'est vrai, les activités. Mais surtout elle t'aimait beaucoup. Elle savait que deux ans après ta maman, elle venait de te prendre ton dernier parent. Elle a sombré dans une profonde dépression, fait son AVC, en est sortie miraculeusement… puis nous t'avons élevée. Il n'était pas question que quelqu'un d'autre le fasse, que tu sois placée. Nous avions une bonne situation, il n'a pas été difficile de t'adopter. C'est comme ça que nous sommes restés ensemble. Pour toi, pour ton équilibre. Elle a évidemment abandonné les GAL aussitôt, puis démissionné de la police peu après pour se retrancher dans la peinture après son AVC. Je l'ai laissé faire, je pensais que c'était une bonne thérapie pour elle. D'autant qu'elle a du talent. Sans nous concerter, nous avions décidé de ne plus jamais parler entre nous de son passé, de ce qu'elle avait fait. C'est pourquoi je n'ai jamais su comment faire pour te donner les vraies raisons de la mort de ton papa et que j'ai inventé cette histoire de règlement de compte entre *etarras*.

– Jusqu'à ce que cette histoire ne ressurgisse quand on t'a tiré dessus.

– C'est vrai, cette histoire s'est réinvitée à notre table. Je l'ai compris tout de suite quand j'ai vu Chaloyard campé devant ma chambre d'hôpital, quand j'ai su qu'on avait peint sur le capot de ma voiture une inscription sans équivoque. D'ailleurs, je crois savoir qui a fait ça et je crois que tu le connais aussi ma chérie, non ?

– Pourquoi n'avoir rien dit aux flics, enfin je veux dire à ceux qui ont succédé à Chaloyard ?

– C'est lui qui m'a convaincu de ne pas le faire. Qu'il s'occupait de tout pour étouffer l'affaire, que c'était mieux pour tout le monde. Sinon, on allait non seulement remonter dans son passé, mais par rebonds jusqu'à celui de Nanou. Et j'ai encore pensé à te protéger et même à la protéger elle, qui vit dans un tel remords depuis, que je lui ai pardonné. En revanche, je ne m'explique pas comment on est remonté jusqu'à moi, où plutôt comment on m'a confondu avec Nanou.

– ETA t'a soupçonné dès le début d'être un galeux à cause de ton passé dans l'agence de presse de Franco, tes allers retours entre la France et l'Espagne. Tes nominations comme attaché culturel, à Pau, à Bayonne, leur ont semblé louche aussi puis ils ont laissé tomber. Mais un autre orphelin a plus tard lancé sa propre enquête. Dans l'attentat de Saint-Pierre-d'Irube, les galeux ont laissé pour mort Martiko, un chef d'ETA qui a finalement survécu. Son témoignage a été essentiel. Les hésitations de Capo à tirer sur papa, le nom même de Capo l'ont conduit petit à petit à toi. D'ailleurs, Capo… Moi aussi j'ai fini par penser que ce ne pouvait être que toi. Ca-Po, pour Casimiro Pozuelo. Que signifie Capo du coup ?

– Rien à voir avec moi. Ca-Po, ce sont les initiales de Carmen Polo, la femme de Franco. Ce sont les Espagnols qui ont surnommé Nanou ainsi. Elle faisait preuve d'une telle hargne, d'une telle rage contre ETA, qu'elle était pour eux un Franco au féminin.

– Que faisais-tu à Saint-Sébastien samedi ?

– Depuis quelques mois, nous te faisons croire que nous voyageons ensemble. En réalité nous partons chacun de notre côté. Moi j'étais à Madrid, elle à Bilbao. Je pense qu'elle était avec Chaloyard. Puis on se rejoint chaque fois pour venir te retrouver. Pour que tu n'aies pas de soupçons, pour que tu puisses vivre dans les meilleures conditions, entourée d'amour, en tout cas du mien.

Inès serre son grand-père par le cou, l'embrasse affectueusement en lui demandant pardon. Tous les deux chignent comme des enfants. Une détonation suivie d'un bruit sourd les ramène à la réalité. La terrible réalité de l'histoire de la famille. Jocelyne Delors-Pozuelo, rattrapée par ses crimes vient de mettre fin à ses jours dans son atelier avec son ancienne arme de service à la PAF qu'elle cachait simplement dans un panier, sous un tas de chiffons enduits de peinture séchée.

Épilogue

Mai 2016, Saint-Pée-sur-Nivelle, festival Herri Urrats

Face à un muret tout près de la plage du lac, un homme avec une casquette rouge posée à l'envers s'accroupit, sort des pochoirs et commence à agiter une bombe de peinture. Bien qu'abrité derrière une foule aussi dense que la chaleur est écrasante, un autre a repéré le manège et ne le quitte pas des yeux jusqu'à ce qu'une femme hurle un prénom : « Xan ! ». Tout près de lui, un petit garçon se dirige vers l'eau tout habillé et l'empêche d'y pénétrer. « Tu ne vas pas te baigner dans cette tenue, quand même ? », lui fait-il remarquer. Sa maman s'approche.

– Inès !

– Tiens bonjour, lieutenant Darmon, comment allez-vous ?

– Je croyais que nous nous appelions par nos prénoms ?

– C'est vrai. Alors Mathis, que faites-vous à Senpere(46) ?

– Vous parlez l'*euskara* maintenant ?

– Oh non, très mal. Ça fait combien de temps qu'on ne s'est pas vu ?

– C'était à Saint-Sébastien, je crois, la dernière fois ? Dans ce petit restaurant. En janvier 2006.

– C'est ça. Que le temps passe…

Pendant quelques minutes, visiblement enchantés de se retrouver, Inès et Mathis racontent leur vie respective depuis ces dix ans. Elle explique qu'elle est devenue professeure d'histoire/géographie dans un collège de la banlieue de Toulouse, où elle habite, qu'elle a donc un enfant, Xan, deux ans, qu'elle continue à venir chaque année au festival Herri Urrats en passant le week-end à Bassussarry, où habite, seul, son grand-père.

– Comment va-t-il ? demande Darmon. J'ai appris pour votre grand-mère.

– Il a accusé le coup mais je crois qu'en fin de compte, il est soulagé. Vous savez qui était ma grand-mère ?

– Oui, l'enquête interne sur Chaloyard a mené l'IGPN jusqu'à elle.

De son côté, Mathis Darmon raconte qu'il n'est plus lieutenant mais capitaine, installé à Pau « à un poste proche de celui occupé naguère par Chaloyard ».

46- Nom basque de Saint-Pée-sur-Nivelle.

– À la DGSI ?

– C'est ça, toujours aussi perspicace, Inès.

– Pas difficile. Après les attentats de janvier et de novembre 2015, je sais qu'il y a eu une vague d'embauches et de promotions dans votre branche. Ça recrute bien chez vous. Donc la DGSI surveille toujours plus particulièrement les militants séparatistes basques.

– La DGSI a un œil sur tout. Vous ne croyez pas que c'est nécessaire ?

L'homme à la casquette rouge, s'approche à son tour.

– Mathis, je vous présente Mikel, mon compagnon. Le père de Xan.

– Mikel, bien sûr. J'ai beaucoup entendu parler de vous.

– Moi aussi.

– Bon, je vous laisse discuter un instant, mais Mikel tu ne tardes pas trop. Je t'attends à la voiture, il faut que nous allions voir Amaia avant que la maternité ne ferme. Ravie de vous avoir revu Mathis. À une prochaine fois sans doute.

Pendant qu'Inès s'éloigne, une conversation improbable s'engage entre les deux hommes.

– Vous savez que je suis un peu à l'origine de votre retour en France ? débute Mathis Darmon.

– J'ai appris ça. Je ne sais pas ce qui me retient de vous prendre dans mes bras, ironise Mikel.

– Vous n'êtes pas très reconnaissant…

– Vous êtes toujours flic ?

– Oui.

– Si vous êtes ici, c'est que vous surveillez des gens, des discours…

– Disons que je m'informe.

– Drôle de boulot non ?

– Vous trouvez ? Il me semble que notre mission est nécessaire. Vous n'êtes plus membre d'ETA mais vous l'avez été. Et ETA à une certaine époque commettait des attentats aveugles et sanglants. C'est pour prévenir ce genre de choses que nous existons. Maintenant vous savez qui je suis, mais nous sommes plusieurs sur le site.

– Il me semble que les GAL ont commis aussi des attentats aveugles et sanglants. Que parmi les galeux il y avait beaucoup de flics. Tout n'est pas aussi manichéen que vous semblez le prétendre.

– Pourquoi ne pas avoir dénoncé vos complices, leurs agissements ?

– Sans doute pour les mêmes raisons que vous n'avez pas dénoncé Chaloyard, Capo et compagnie. Par loyauté. Voyez-vous Darmon, ETA a indéniablement commis des erreurs, commis des crimes évitables, mais ses motivations étaient justes et le sont toujours. Quelles étaient celles des GAL ?

C'est sur cette question, dont il n'attend pas la réponse, que Mikel Ekiza prend congé de Mathis Darmon en le saluant d'un « Adio ![47] » que lui renvoie son interlocuteur.

– Alors, comment l'as-tu trouvé ? interroge Inès tout sourire.

– Un connard.

47- Au revoir !

Le capitaine Darmon s'approche de l'endroit où se trouvait tout à l'heure Mikel, s'accroupit à son tour et prend une photo. Sur le muret, dessinée au pochoir, la carte des sept provinces du Pays basque et inscrit de part et d'autre, une très ancienne revendication des indépendantistes : « Euskal presuak eta iheslariak, ETXERA ! [48] »

48- « Prisonniers et exilés basques, À LA MAISON ! »

Remerciements

Pour leurs conseils et le temps qu'ils m'ont accordé,
je tiens à remercier Gaizko, Ihintza, Jean-Michel,
les deux Patrick et « Rico », ainsi que Sonia et Denis
pour leur aide matérielle.

BJ

Dans la collection

Alarme en Béarn, Thomas Aden, 2013
Ultime dédicace, Thomas Aden, 2014
J'aurai ta Pau, Cesare Battisti, 2015
Le 9 bordelais était chargé, Éric Becquet, 2015
Notre père qui êtes odieux, Violaine Bérot, 2014
Jeux de dames, Philippe Beutin, 2016
Riquet m'a tuer, Yves Carchon, 2017
De la blanche sur le Somport, Claude Casteran, 2014
Mandrake ne peut pas mourir, Daniel Contel, 2017
Ville rose sang, Stéphane Furlan, 2014
Sans jeu ni maître, Stéphane Furlan, 2015
Coup tordu à Sokoburu, Jacques Garay, 2013
Trou noir à Chantaco, Jacques Garay, 2013
Estocade sanglante, Jacques Garay, 2014
Requiem à Donibane, Jacques Garay, 2015
Estouffade à Guéthary, Jacques Garay, 2016
Ras la coquille en Amikuze, Jacques Garay, 2017
Abattez les grands arbres, Christophe Guillaumot, 2015
Nous n'irons plus au bois, Philippe Lescarret, 2016

Coup de piolet, Juliette Manet, 2016
Balles perdues à Moliets, Maxbarteam, 2015
Ça flingue sur la Grande Boucle, Maxbarteam, 2017
Palombes, tursan et sale ami, Maxbarteam, 2016
Du pin et des larmes, Philippe Mediavilla, 2016
Toutes taxes comprises, Patrick Nieto, 2016
De chair et d'oubli, Karline Nivet & Pascal Suhard, 2015
Gaz in Marciac, G.D. Noguès, 2014
Pas d'orchidées pour Miss Armagnac, G.D. Noguès, 2016
Mourir à la San Fermín, Alejandro Pedregosa, 2015
Les gens bons bâillonnés, Jean-Christophe Pinpin, 2014
L'assassin était en rouge et blanc, Poms, 2014
Le sang de la forêt, Serge Tachon, 2017
Un, deux, trois, sommeil!, Gilles Vincent, 2016

Mise en page et suivi de fabrication
Atelier Graphique Cairn
Achevé d'imprimer en mai 2017
par GN Impressions (141623)
pour le compte des Éditions Cairn
29, rue Carrérot – 64000 Pau
Tél. : 05 59 27 45 61 Fax : 05 59 98 84 89
editions-cairn@wanadoo.fr – www.editions-cairn.fr
Dépôt légal : mai 2017